Enid Blyton

LE CLUB DES CINQ

va camper

hachette
JEUNESSE

FRANÇOIS

12 ans.
L'aîné des enfants, le plus raisonnable aussi. Grâce à son redoutable sens de l'orientation, il peut explorer n'importe quel souterrain sans jamais se perdre !

ANNIE

10 ans.
La plus jeune, un peu gaffeuse, un peu froussarde ! Mais elle finit toujours par participer aux enquêtes, même quand il faut affronter de dangereux malfaiteurs...

CLAUDE

11 ans.
Leur cousine. Avec son fidèle chien Dagobert, elle est de toutes les aventures. En vrai garçon manqué, elle est imbattable dans tous les sports et elle ne pleure jamais… ou presque !

DAGOBERT

Sans lui, le Club des Cinq ne serait rien ! C'est un compagnon hors pair, qui peut monter la garde et effrayer les bandits. Mais surtout, c'est le plus attachant des chiens.

MICK

11 ans.
C'est un casse-cou (un gourmand aussi !) qui n'hésite jamais avant de se lancer dans les plus périlleuses aventures.

L'édition originale de cet ouvrage a paru en langue anglaise
chez Hodder & Stoughton, Londres, sous le titre :
Five go off to camp

Traduction revue par Rosalind Elland-Goldsmith.
Illustrations : Auren.

Hachette Livre, 58, rue Jean-Bleuzen, 92178 Vanves Cedex.

CHAPITRE 1

Vacances !

— Deux belles tentes, deux bâches, quatre sacs de couchage. Et Dago ? Est-ce qu'il lui faudra aussi un duvet ? demande Mick en riant.

François, son frère aîné, et Annie, sa petite sœur, s'esclaffent, tandis que Dagobert, le chien, frappe le sol joyeusement avec sa queue...

— Regardez-le ! s'écrie leur cousine Claude. On dirait qu'il rit aussi. Sa bouche est ouverte jusqu'aux oreilles !

Le vrai prénom de la jeune fille est Claudine, mais quand on l'appelle ainsi, elle refuse de répondre. Avec son visage couvert de taches de rousseur, ses courts cheveux bouclés, elle ressemble vraiment beaucoup plus à un garçon qu'à une fille.

— C'est un amour... s'attendrit Annie en prenant l'animal dans ses bras. C'est le meilleur chien du monde. Hein, mon Dago ?

— Ouah, ouah ! fait ce dernier.

Et pour montrer à la fillette qu'il est tout à fait de son avis, il lui donne un grand coup de langue sur le nez.

François, Mick, Annie viennent de passer une semaine à Kernach, chez leur cousine Claude. Tous quatre sont en train d'organiser un campement pour la suite des vacances.

— C'est vraiment génial d'avoir l'autorisation de faire du camping tout seuls ! déclare l'aîné du groupe. Je ne pensais pas que nos parents nous donneraient la permission après l'aventure terrible qu'on a vécue l'été dernier, quand on est partis en roulotte[1].

— Mais François, on ne sera pas *vraiment* seuls, proteste sa sœur. N'oublie pas que M. Clément doit nous surveiller. Il campera tout près de nous.

— Oh ! M. Clément ! intervient Mick en riant. Il ne nous gênera pas beaucoup. Il sera bien trop occupé par ses chers insectes pour être tout le temps sur notre dos.

— En tout cas, s'il n'avait pas décidé de

1. Voir *Le Club des Cinq et le cirque de l'Étoile*.

camper lui aussi, on n’aurait jamais été autorisés à s’en aller, affirme Claude. J’étais là quand papa lui a demandé de nous accompagner.

M. Clément est professeur de sciences naturelles au collège des garçons. C’est un homme d’un certain âge, rêveur et distrait, pour qui l’étude des insectes est devenue une passion. Souvent, à l’école, les collégiens l’aperçoivent chargé de boîtes pleines de spécimens ; quelquefois, même, des chenilles s’en échappent. M. Clément est aussi un ami du père de Claude, M. Dorsel, avec qui il partage le goût de la science. François et Mick l’aiment bien, mais l’idée que cet excentrique professeur les surveillera pendant les vacances leur paraît vraiment très comique.

— C’est probablement nous qui serons obligés d’avoir l’œil sur lui, glousse Mick. Il y a des gens à qui il arrive toujours des mésaventures... et il en fait partie ! Je parie que sa tente s’écroulera en pleine nuit, qu’il oubliera d’cmporter des chaussettes de rechange, ou qu’il s’assiéra sur des œufs ! Ah... sacré M. Clément ! Il vit dans le monde des insectes, pas dans le nôtre !

— Eh bien qu’il vive parmi les chenilles et les scarabées ! Tout ce que je demande, c’est qu’il nous laisse tranquilles ! s’exclame Claude.

— Ne t'en fais pas, la rassure Annie. Ces vacances seront super. Quand je pense qu'on va dormir sous des tentes, en pleine campagne, loin de tout le monde... C'est presque trop beau pour être vrai.

— Ouah, ouah ! approuve Dagobert en agitant la queue.

— Il est content, lui aussi, à l'idée d'être libre, traduit François. Tu t'imagines déjà en train de poursuivre des lapins, hein, Dago ? Et avec toi, on ne risquera rien ; tu aboieras tellement fort que personne n'osera passer près de notre camp !

— Bon, si on finissait de vérifier notre liste ? intervient Mick en brandissant la feuille de papier qu'il tient dans la main. Il ne faut rien oublier ! On en était où ? Ah ! oui... quatre sacs de couchage...

— Et un cinquième pour Dagobert ? demande Annie avec un sourire.

— Mais non, répond Claude. Il couchera à mes pieds, comme d'habitude.

— Oh... Est-ce qu'on ne pourrait pas lui acheter un petit duvet ? insiste sa cousine en pouffant. Il serait tellement mignon avec sa tête ébouriffée qui sortirait par le haut...

— Mon chien ne veut pas être mignon, s'offusque Claude. Continue, Mick. Si Annie t'interrompt encore, je la bâillonne avec mon mouchoir !

Le jeune garçon se remet à lire la liste : un camping-gaz, des seaux, des assiettes en carton, des couverts en plastique... Chaque objet donne lieu à une discussion animée ; les quatre enfants sont surexcités.

— Les préparatifs sont aussi amusants que les vacances, conclut François. Je crois qu'on n'a rien oublié.

— À mon avis, on emporte même trop de choses ! remarque la benjamine du Club des Cinq. Heureusement, M. Clément a dit qu'il empilerait nos bagages dans la remorque de sa voiture. Si on partait avec tout cet attirail sur le dos, on n'irait pas loin.

— Oh ! j'ai tellement hâte d'être la semaine prochaine ! s'écrie Mick. Qui a la carte ? Je voudrais encore jeter un coup d'œil sur l'endroit où on dressera notre camp.

François sort le document de sa poche, le déplie et l'étale sur le tapis ; les quatre enfants s'asseyent tout autour. Sur la carte figure un plateau très vaste et très isolé, avec quelques rares maisons éparpillées çà et là.

— Les habitants ne sont pas nombreux, remarque Claude en montrant l'une d'elles. Ah, voilà l'endroit où on campera. Et, pas très loin, il y a une ferme où on pourra acheter du lait, des œufs, du beurre. M. Clément a dit à papa qu'il était déjà monté là-haut ; il paraît que la ferme est petite, mais très utile aux campeurs.

— Ce plateau est bien élevé, fait observer Annie. L'hiver, il doit y faire un froid de canard.

— C'est sûr, acquiesce son frère aîné. Et même l'été, quand le vent souffle. Il faudrait peut-être emporter des vêtements chauds...

Claude suit du doigt une route qui serpente sur le plateau.

— C'est le chemin qu'on prendra, commente-t-elle. Et je suppose qu'on s'arrêtera ici. Vous voyez ce petit sentier ? C'est celui qui conduit à la ferme. La voiture ne pourra peut-être pas monter si haut, et il faudra qu'on porte nos bagages jusqu'à l'endroit où on dressera nos tentes.

— J'espère que M. Clément ne s'installera pas trop près de nous... marmonne Mick.

— Bien sûr que non ! s'exclame sa cousine. Il a accepté de se charger de nous, mais dès qu'on arrivera là-bas, il ne saura même plus qu'on existe ! J'en suis sûre. Un jour, il avait invité maman et papa à faire une promenade en voiture avec lui et il est revenu sans eux. Il les avait complètement oubliés et les avait laissés en pleine forêt !

— Sacré M. Clément ! s'écrie François. C'est le type rêvé pour nous surveiller ! Il ne viendra pas nous casser les pieds en nous demandant si on s'est lavé les dents ou si on a mis nos pulls.

Les autres éclatent de rire ; le chien montre toutes ses dents et pousse de joyeux jappements. Il est tellement content d'être en compagnie de ses quatre amis et de participer à sa façon à l'organisation de l'expédition !

Dagobert passe l'année scolaire à la pension de Clairbois avec Claude et Annie. François et Mick lui manquent beaucoup, mais il appartient à Claude et ne supporterait pas de la quitter. Heureusement, la directrice de Clairbois autorise ses élèves à garder leur animal favori à l'internat ; sans cela, la jeune maîtresse de Dago n'aurait jamais accepté d'y faire ses études !

François replie sa carte.

— Il faudra qu'on rappelle à M. Clément qu'on part avec lui. Sinon, il serait bien capable de prendre la route sans nous !

Les six jours qui séparent le Club des Cinq du départ leur semblent durer une éternité. Heureusement, les articles commandés dans divers magasins de sport sont livrés progressivement, ce qui divertit un peu les futurs campeurs. Les sacs de couchage sont salués par des exclamations enthousiastes.

— Super ! s'écrie Annie.

— Génial ! renchérit Claude en se faufilant dans le sien. Je peux le fermer jusqu'au cou, et il a une espèce de capuchon. C'est très douillet ! Et bien chaud ! Eh ! si on couchait dedans ce soir ?

— Dans nos chambres ? questionne Mick.

— Oui, pourquoi pas ? Simplement pour s'habituer... explique sa cousine, persuadée qu'un sac de couchage vaut mille fois mieux qu'un lit ordinaire.

Et tous les quatre passent la nuit sur le parquet de leurs chambres dans les duvets. Le lendemain matin, ils déclarent n'avoir jamais aussi bien dormi.

— Le seul ennui, c'est que Dagobert voulait absolument me rejoindre dans mon sac, explique Claude, et, vraiment, on aurait été trop serrés. Il aurait risqué d'être étouffé.

— Eh bien, moi, j'ai eu l'impression que ton chien passait la moitié de la nuit sur mon ventre, grogne François. Il m'a réveillé au moins quatre fois !

— Ça m'est égal qu'il se couche sur moi, mais il a la manie de tourner en rond je ne sais combien de fois avant de trouver la position qui lui plaît, se plaint Mick. C'est énervant à la fin !

— Il ne peut pas s'en empêcher, tempère Claude. C'est une habitude que les chiens sauvages avaient, il y a des siècles ; ils piétinaient les roseaux pour se construire une couchette confortable. Dago ne fait qu'imiter ses ancêtres.

— Eh bien, il serait temps que ton cher Dag comprenne qu'il est un gentil chien civilisé, bien gâté par ses maîtres, rétorque son cousin. Je suis sûr que la trace de ses pattes est encore imprimée sur mon ventre...

— Allez, Mick, intervient Annie, tu exagères. Oh ! j'ai tellement hâte d'être à mardi...

Enfin, le jour du départ arrive. C'est une splendide journée ensoleillée, et dans le ciel d'un bleu éclatant voguent de petits nuages blancs.

— C'est signe de beau temps ! s'exclame Claude au comble de la joie. Espérons que M. Clément se rappellera que c'est aujourd'hui qu'on prend la route. Maman a confectionné des sandwichs et des gâteaux pour tout le monde. Elle a peur que M. Clément n'ait oublié les siens. Et s'il a des provisions, tant pis ; on fera un effort ! D'ailleurs Dago est toujours là pour finir les restes.

Le chien est aussi excité que les quatre enfants. Son instinct lui dit que des événements agréables se préparent. Sa queue frétille, sa langue pend, et il halète comme s'il avait déjà parcouru des kilomètres. Il sautille entre les jambes de tout le monde, mais personne ne le gronde.

M. Clément arrive avec une demi-heure de retard, juste au moment où l'on croyait qu'il avait oublié le rendez-vous. Il est au volant de sa vieille voiture.

— Bonjour, bonjour ! crie-t-il, le visage éclairé par un large sourire. Vous êtes prêts ? Parfait. Empilez vos bagages dans la remorque ; les miens y sont déjà. J'ai apporté des sandwichs pour tout le monde ; c'est Mme Clément qui les a préparés.

— Eh bien, on ne risque pas de mourir de faim aujourd'hui ! déclare Mick en aidant les autres à porter les tentes et les sacs de couchage.

Bientôt, tout est dans la remorque et le père de Claude arrime les bagages avec des cordes.

Les enfants disent au revoir aux parents, debout sur le seuil de la porte. Mick et les filles prennent place sur la banquette arrière, tandis que François s'installe à côté de M. Clément.

Dagobert se pelotonne aux pieds de sa jeune maîtresse.

Le professeur de sciences met le contact et la voiture démarre avec un bruit de vieille ferraille.

— Au revoir ! crie la mère de Claude. Et pour une fois, restez tranquilles ! Ne vous lancez pas dans des aventures...

— Ne craignez rien, répond gaiement M. Clément. J'y veillerai ! Sur un plateau aussi sauvage et aussi désert, ils ne risquent pas de vivre la moindre péripétie. Au revoir !

Ils partent en faisant de grands signes d'adieu et en chantant : « Enfin nous partons ! Hourra ! la vie est belle ! »

La guimbarde s'élance sur la route, entraînant la remorque derrière elle. Les vraies vacances commencent !

CHAPITRE 2

Le campement

M. Clément n'est pas un très bon chauffeur. Il appuie constamment sur l'accélérateur et prend les virages à une vitesse imprudente. De temps en temps, François se retourne pour s'assurer que les bagages sont encore là. Soudain, à un tournant, il voit les sacs de couchage bondir très haut dans les airs. Mais, par bonheur, ils retombent dans la remorque. Le jeune garçon pose la main sur l'épaule du professeur.

— Monsieur, vous pouvez ralentir un peu, s'il vous plaît ? Le coffre sera vide quand on arrivera si les bagages continuent à s'envoler !

— Ça alors ! J'avais oublié ce que nous traînons derrière nous, s'exclame M. Clément en ralentissant aussitôt. Rappelez-moi à l'ordre si je fais plus de soixante à l'heure. La dernière fois que j'ai pris la remorque, j'ai semé en chemin la moitié de mes valises ; je ne tiens pas du tout à recommencer.

Sur la banquette arrière, Mick, Claude et Annie échangent des regards amusés.

François garde l'œil fixé sur l'indicateur de vitesse et, quand l'aiguille dépasse le soixante, il donne une petite tape sur le bras du conducteur.

M. Clément est aux anges. Ce qui lui paraît le plus agréable dans son métier de professeur, ce sont les vacances. Pendant l'année scolaire, il n'a pas assez de temps à consacrer à ses chers insectes. Mais cet été, il va passer plusieurs semaines dans un véritable paradis, c'est-à-dire un endroit sauvage, peuplé de sauterelles, de scarabées, de papillons, de chenilles et autres séduisantes bestioles. Il a d'ailleurs promis au père de Claude d'associer à ses études ses jeunes compagnons, qui feront ainsi de rapides progrès en sciences naturelles.

On ne peut regarder le professeur sans avoir envie de rire tant son physique est comique. Ses sourcils en broussaille surmontent des yeux marron, très bienveillants. Son long nez, d'où émerge une forêt de poils, et sa moustache hérissée lui donnent un aspect féroce que dément un menton rond creusé par une fossette.

Mais ce sont les oreilles qui surprennent le plus Annie ; elles sont très grandes et pointues, et, parfois, la droite frétille de la façon la plus amusante ; la gauche, elle, refuse de bouger. Le professeur a des cheveux épais et toujours en désordre, et ses costumes sont trop amples pour lui. Les enfants le trouvent très sympathique, tant il est bizarre, désordonné et distrait. Il est également très doux bien que, à l'occasion, il puisse entrer dans de violentes colères.

François a souvent raconté à ses amis l'histoire de son camarade de classe Marc Dumont. M. Clément a un jour surpris Marc en train de malmener un petit garçon dans le vestiaire du collège ; il l'a saisi par le col et l'a secoué très fort. Puis, avec un mugissement de taureau furieux, M. Clément l'a attrapé par la ceinture, soulevé et accroché à un portemanteau.

— Vous resterez là jusqu'à ce que quelqu'un vienne vous décrocher ! a crié M. Clément d'une voix de tonnerre.

Il est parti avec le garçonnet terrifié, laissant Marc Dumont suspendu au mur et tout à fait incapable de se libérer. La punition a duré longtemps, car les élèves, quand ils sont revenus après un match de football, l'ont jugée trop méritée pour l'abréger. Et si le portemanteau n'avait pas lâché sous son poids, Marc y serait encore !

Annie aime beaucoup cette histoire, et, depuis, M. Clément fait figure de héros à ses yeux. Elle est très contente d'être assise avec lui dans la voiture. Les deux autres se serrent dans le fond. Dagobert est aux pieds de Claude qui refuse de le prendre sur ses genoux à cause de la chaleur ; le chien se console en se tenant debout contre la portière pour regarder le paysage.

Vers midi et demi, on fait halte pour déjeuner. M. Clément déballe une quantité de sandwichs confectionnés par Mme Clément ; ils sont tous délicieux.

— Du pâté, des œufs, de la salade, des sardines, du gruyère ! Oh ! monsieur Clément, vos casse-croûte sont bien meilleurs que les nôtres ! s'écrie Mick en mordant dans deux sandwichs à la fois, l'un au fromage, l'autre aux rillettes.

Tous font honneur au repas. Dagobert, affamé lui aussi, reçoit la dernière bouchée de chaque sandwich et attend son tour avec impatience. Chaque fois que le professeur oublie de lui donner un morceau de son en-cas, l'animal le rappelle à l'ordre en jappant. M. Clément en reste ébahi.

— C'est un chien remarquable, s'émerveille-

t-il en le caressant. Il connaît ses droits ! Sa malice est extraordinaire.

Claude est ravie de cet éloge. Elle est convaincue que son cher Dago est plus intelligent que tous les autres, et elle ne se trompe pas. Il lui obéit au doigt et à l'œil et semble deviner d'avance ses pensées. Une chose est sûre : si, pendant les vacances, M. Clément oublie l'existence des enfants, le chien sera là pour les protéger.

Ils se sont munis de quelques bouteilles d'eau minérale, et des prunes bien mûres composent le dessert. Dagobert refuse les fruits, et va boire au petit ruisseau qui coule non loin de là.

Rassasiés, les voyageurs remontent en voiture. Annie s'endort, la tête contre le bras de sa cousine. Mick bâille aussi. Claude, elle, n'a pas sommeil et admire le paysage qui défile. François sent ses paupières s'appesantir, mais il n'ose pas quitter des yeux le tableau de bord. M. Clément, ragaillardi par un bon déjeuner, semble avoir envie de battre des records de vitesse...

— Nous ne nous arrêterons pas pour goûter, décide brusquement le professeur, et sa voix sonore réveille Mick en sursaut. Nous arriverons vers cinq heures et demie. Vous voyez, on aperçoit le plateau là-bas... Regardez ces taches roses ; la bruyère est en fleur.

Les jeunes passagers écarquillent les yeux, sauf Annie qui dort profondément. À gauche, s'élève en effet un plateau couvert de genêts et de bruyère ; il s'étend sur des kilomètres et des kilomètres et se perd au loin dans une brume violette.

— Nous allons prendre cette route à gauche, déclare M. Clément.

Il prend le virage tellement vite que les bagages bondissent de nouveau dans la remorque. La voiture s'engage sur une route escarpée et laisse derrière elle deux ou trois petites maisons. Plus loin, le paysage est presque désertique, avec quelques fermes très espacées. Çà et là, des brebis s'arrêtent de paître pour regarder passer ces étrangers.

— Il ne nous reste qu'une trentaine de kilomètres, affirme M. Clément en freinant pour éviter deux gros moutons plantés au milieu de la route. Oh ! Ces animaux devraient choisir un autre endroit pour se raconter leurs petites histoires. Allez ! Ouste ! Filez, laissez-moi continuer mon chemin !

Dagobert aboie et donne des coups de griffe sur l'intérieur de la portière. Les moutons se décident à s'écarter, et le véhicule poursuit sa route. Annie, réveillée par un cahot, demande où l'on se trouve.

— Quel dommage ! Tu dormais si bien... se désole le professeur, en donnant un coup de volant qui manque de précipiter la voiture dans un fossé. Nous sommes presque arrivés, Annie.

La chaussée devient de plus en plus escarpée et le vent fraîchit. Le plateau s'étend à perte de vue, sous son manteau d'arbustes, traversé par des ruisseaux gazouillants.

— Nous pourrons boire leur eau, déclare M. Clément. Elle est limpide comme du cristal et froide comme la glace. Il y a une source tout près de l'endroit où nous camperons.

Les enfants accueillent cette nouvelle avec joie.

M. Clément quitte enfin la route pour prendre à gauche un étroit sentier sillonné d'ornières ; cette fois, il est obligé de conduire tout doucement, et les jeunes voyageurs ont le temps de remarquer tous les détails du paysage.

— Je vais laisser la voiture ici, déclare le professeur en s'arrêtant près d'un grand rocher qui s'élève, nu et gris, au milieu de la bruyère. Elle sera à l'abri du vent. Je crois que nous serions bien là-bas pour nous installer.

Il désigne un petit espacc entouré de gros buissons de genêts et tapissé de bruyère. Mick approuve d'un signe de tête. C'est l'endroit rêvé.

— C'est parfait, se réjouit-il.

— Par quoi on commence ? demande François. On goûte ou on défait nos bagages ?

— Goûtons d'abord, répond M. Clément sans hésitation. J'ai apporté un camping-gaz ; c'est moins dangereux qu'un feu de bois. Mais il faut tout de même faire très attention ! Ne le laissez jamais allumé sans surveillance.

— Regardez, là-bas, c'est la ferme où on ira chercher des œufs ? demande Claude.

Elle tend le doigt vers une maison sur la colline opposée. Par-derrière, dans un champ, trois ou quatre vaches et un cheval paissent. Un petit verger s'étend d'un côté et un potager de l'autre. On ne s'attend pas à voir une ferme si coquette au milieu de la lande.

— C'est la ferme du Grand Chêne, explique le professeur. Je crois qu'elle a changé de propriétaire depuis mon dernier passage ici. J'espère que les nouveaux occupants sont sympathiques. Voyons, qu'est-ce qu'il nous reste à manger pour notre goûter ?

François s'empare du sac à dos dans lequel sont rangés les gâteaux préparés par la mère de Claude. Tout le monde s'assied sur la bruyère et attaque les provisions.

Dagobert attend sa part avec patience et regarde les abeilles qui bourdonnent autour du petit groupe. Il y en a des dizaines.

— Maintenant, c'est le moment de monter nos tentes, déclare Mick quand il a avalé la dernière bouchée. Commençons par décharger la remorque. Monsieur Clément, il vaut mieux qu'on ne campe pas trop près de vous ; vous comprenez, on est bruyants, on risquerait de vous déranger. Où voulez-vous installer votre tente ?

Le professeur ouvre la bouche pour protester et dire qu'il serait très content d'avoir la compagnie des quatre enfants et de Dagobert. Mais il réfléchit et comprend que c'est lui qui risquerait de gêner ses jeunes compagnons. Ils voudront chanter, rire, organiser des jeux ; son voisinage les empêchera de s'amuser. Il approuve donc leur projet.

— Je vais dresser ma tente ici, près de ce genêt, répond-il. Quant à vous, installez-vous là-bas, à l'endroit où les buissons forment un demi-cercle ; ils vous abriteront du vent et nous serons voisins tout en gardant notre indépendance.

— Ce sera parfait ! conclut Annie.

François et Claude commencent à monter les tentes. C'est très amusant. Dagobert, comme toujours, virevolte entre les jambes de ses compagnons et leur apporte, dans sa gueule, les cordes dont ils ont besoin, ce qui soulève des tempêtes de rire. Quand le soir tombe, les trois tentes sont dressées, les bâches étendues par terre et les sacs de couchage tout prêts. Il y a deux duvets dans chacune des tentes des enfants, et un dans celle de M. Clément.

— Je vais me coucher, déclare M. Clément. Je n'arrive plus à garder les yeux ouverts. Bonsoir, dormez bien...

Il disparaît dans la nuit.

Annie bâille et les autres l'imitent.

— Couchons-nous aussi, propose François. Notre goûter était tellement copieux qu'on pourra se passer de dîner. Une tablette de chocolat et quelques biscuits nous suffiront. On les mangera dans nos sacs de couchage.

Mick et lui se retirent dans leur tente. Les filles en font autant avec Dagobert. Elles se déshabillent, enfilent leurs pyjamas et se glissent dans les duvets.

— C'est génial, murmure Claude en repoussant le chien. Je n'ai jamais été aussi bien de ma vie. S'il te plaît, Dago, tiens-toi tranquille ; tu ne vois donc pas la différence entre mes pieds et mon estomac ? Là, c'est mieux.

— Bonne nuit, chuchote Annie à moitié

endormie. Oh ! regarde, on voit les étoiles à travers l'ouverture de la tente !

Mais sa cousine n'a pas le temps d'admirer les étoiles ; elle dort déjà. Dagobert pousse un petit grognement. C'était sa façon de dire bonsoir ; puis il pose la tête sur ses pattes et s'endort.

« Notre première nuit de campement, pense Annie avec bonheur. Je ne veux pas dormir. Je resterai éveillée ; je regarderai les étoiles et je sentirai l'odeur des genêts. »

Mais malgré ses belles résolutions, une seconde plus tard, la fillette est au pays des songes.

CHAPITRE 3

Le volcan d'Annie

François s'éveille le premier le lendemain matin. Un bruit étrange résonne au-dessus de lui : « Couur-lii ! Couur-lii ! » Le jeune garçon se redresse et se demande où il est. Puis il se souvient : il campe sur un plateau, et les cris au-dessus de sa tête sont ceux d'un courlis, l'oiseau de la solitude.

L'aîné du Club des Cinq bâille et se recouche. Ce n'est pas encore l'heure de se lever ; un rayon de soleil filtre par la petite lucarne de la tente. François se sent paisible et heureux. Mais la faim commence à le tourmenter. Il regarde sa montre : six heures et demie. Il a encore de longues minutes devant lui ! Dans la poche de son gilet, il trouve une tablette de chocolat et la croque. Puis il reste immobile à écouter les courlis et à observer le soleil qui s'élève lentement dans le ciel. Le sommeil s'empare de nouveau de lui ; François s'endort.

Une heure plus tard, il est réveillé par Dagobert qui lui lèche la figure. Les filles l'observent par l'ouverture de la tente et rient. Elles sont déjà prêtes.

— Debout, paresseux ! gronde gentiment Annie. On vous a envoyé Dago pour vous lever. Il est sept heures et demie.

— Il fait un temps splendide, renchérit Claude. La journée sera chaude. Allez, levez-vous ! On a été au ruisseau pour faire notre toilette.

Mick ouvre les yeux. Les garçons décident, à leur tour, d'aller prendre un bain dans le cours d'eau voisin.

— C'est là-bas, explique Annie en indiquant la direction. Dagobert, accompagne-les et montre-leur le chemin. Mais je vous préviens : l'eau est très froide ! On a laissé le seau là-bas ; rapportez-le plein. D'accord ?

— Pourquoi doit-on revenir avec de l'eau puisque tout le monde aura fait sa toilette ? demande François.

— Et la vaisselle ? réplique son frère. Il faudra bien la laver. Si on allait réveiller M. Clément ? Il n'a pas encore donné signe de vie.

— Non, laisse-le dormir, conseille Claude. Il est probablement épuisé d'avoir conduit si longtemps hier. Qu'est-ce qu'on a à manger ? Rappelez-vous que maman nous a recommandé de faire un petit déjeuner copieux tous les matins.

— Il nous reste plein de bonnes choses ! répond Annie. Du chocolat, des tartines et même du jambon. Mais pas de lait... il faudra qu'on en achète à la ferme. Ce matin, on devra se contenter de lait en poudre. Qui sait allumer le réchaud ?

— Moi ! Je m'en charge ! déclare sa cousine.

— Est-ce qu'on a pensé à emporter une poêle et un gril ? questionne François.

— Oui, je les ai emballés moi-même, intervient Mick fièrement. Ils sont dans le grand sac gris. Allez, dépêchons-nous d'aller nous laver dans le ruisseau.

Dagobert court en tête pour montrer le chemin. Les deux frères entrent aussitôt dans l'eau ; le chien les rejoint et mêle ses aboiements à leurs rires.

— J'ai peur qu'on ait réveillé le pauvre M. Clément avec tout notre vacarme... dit l'aîné quand ils sont sortis de l'eau. Quel bon bain ! J'ai une faim de loup !

Ils retournent auprès des tentes. Le professeur n'a pas fait son apparition ; il a vraiment le sommeil très lourd.

Les quatre jeunes campeurs s'asseyent sur la bruyère et dévorent leur déjeuner. Annie a fait griller du pain. Tout le monde se régale.

— Comme c'est moi qui me suis occupée du repas, je n'aurai pas à faire la vaisselle ! déclare la fillette. Claude, tu pourras t'en charger ?

Sa cousine montre peu d'enthousiasme ; elle déteste les tâches ménagères. Elle prend un air boudeur.

— Oh ! cette Claude ! s'écrie Mick. Mais, après tout, pourquoi s'imposer cette corvée ? Dagobert nous servira de lave-vaisselle ! Il sera enchanté de nettoyer les assiettes d'un coup de langue !

Tout le monde se met à rire, même Claude.

— Bon, d'accord, accepte cette dernière. Je vous aiderai pour le ménage... Mais je propose qu'on salisse le moins de plats possible pour ne pas compliquer le travail. Il reste encore des tartines grillées, Annie ?

— Non, mais il y a des biscuits. J'ai l'impression qu'il faudra aller faire un tour à la ferme dès ce matin. En plus du lait, on devra acheter du pain et des fruits.

— Oui, tu as raison ! acquiesce son frère aîné. Et M. Clément ? Vous ne pensez pas qu'on ferait mieux de le réveiller ? Sinon, il dormira jusqu'à ce soir.

— J'y vais, déclare Mick.

— S'il ne t'entend pas, conseille Claude avec un sourire, tu n'auras qu'à imiter le bourdonnement d'une abeille : il se lèvera tout de suite !

Le jeune garçon s'approche de la tente, toussote et appelle poliment :

— Voulez-vous venir déjeuner, monsieur ?...

Ne recevant aucune réponse, Mick répète un peu plus fort :

— Monsieur Clément ?

Puis, étonné, il jette un regard à l'intérieur de la tente. Elle est vide !

— Qu'est-ce qu'il y a ? crie François qui observe de loin.

— Il n'est pas là ! répond son frère.

Il y a un silence. Prise de panique, Annie pense un moment qu'une nouvelle aventure commence. Puis François a une idée :

— Il a emporté son insectier ? Tu sais, la boîte de fer-blanc qu'il attache sur son dos quand il va à la chasse aux insectes ? Et regarde si ses vêtements sont là !

Mick entre dans la tente.

— Ouf ! souffle-t-il, au grand soulagement des autres. Sa veste a disparu et sa boîte à insectes aussi. Il a dû partir très tôt ce matin, bien avant notre réveil. Je parie qu'il a oublié de déjeuner !

— Ça ne m'étonnerait pas ! approuve Claude. Tant pis pour lui, on n'est pas ses chaperons. Il peut se passer de manger si ça lui chante. Il reviendra certainement quand sa boîte sera pleine d'insectes.

Mick rejoint ses compagnons près de leurs tentes.

— Si on allait à la ferme ? propose-t-il. On verra ce qu'on peut nous vendre. Qui veut m'accompagner ?

— Je vais rester ici, déclare Annie. J'ai décidé de tenir un journal de bord pendant ces vacances, et je veux y raconter notre arrivée sur le plateau. On s'occupera du ménage à votre retour. Emmenez Dagobert, il a besoin de se dégourdir les pattes.

Ravie d'esquiver la corvée de vaisselle, Claude part avec les garçons et le chien en direction de la ferme. La benjamine du Club des Cinq s'installe sur un rocher : un crayon à la main, elle commence à relater les événements de la veille dans son grand cahier à spirale. Quand elle a terminé, elle regarde si les autres reviennent. Ils sont invisibles, et M. Clément n'est pas non plus de retour.

« Eh ! bien, je vais aller me promener moi aussi, décide la fillette. Je n'ai qu'à longer le ruisseau, comme ça, je ne risque pas de me perdre. »

En quelques minutes, elle atteint le ruisseau et se met à le remonter : le petit cours d'eau coule le long de la colline, chantonnant gaiement entre deux rives gazonnées où les fougères poussent en abondance. Annie puise de l'eau dans sa main, la goûte et la trouve délicieuse.

Elle arrive enfin au sommet de la colline ; c'est là que le ruisseau prend sa source. Il surgit d'un tertre couvert de bruyère et descend vers le plateau, tout joyeux de s'ébattre dans la lumière du soleil.

Un peu fatiguée par son ascension, la fillette s'allonge pour se reposer. C'est tellement bon de se chauffer au soleil, d'écouter la musique de l'eau et le bourdonnement des abeilles ! Soudain un son nouveau parvient aux oreilles de la jeune promeneuse. Cette dernière se redresse d'un coup, épouvantée. Le bruit semble provenir des entrailles de la terre ! C'est un grondement sourd et effrayant.

« Qu'est-ce qui se passe ? » se demande Annie.

Elle n'ose même pas se lever ni s'enfuir ; elle reste immobile, affolée. Le ronflement se rapproche, s'amplifie. Soudain, un cri sinistre retentit et un phénomène extraordinaire se produit : un grand nuage de fumée blanche jaillit du sol et demeure un moment suspendu dans les airs avant de disparaître, dispersé par le vent.

Horrifiée, la fillette ne fait pas un geste. Le grondement résonne encore un moment, puis s'éteint au loin. Alors la campeuse se lève d'un bond ; elle dévale la colline au pas de course et se met à crier :

— C'est un volcan ! Au secours, au secours... Il va y avoir une éruption ! Au secours, au secours, c'est un volcan !

Elle court éperdument. Son pied heurte une racine de bruyère ; elle trébuche et dégringole la pente en hurlant. Elle s'arrête enfin et entend une voix anxieuse qui demande :

— Qui est là ? Qu'est-ce qui se passe ?

C'est la voix de M. Clément. Soulagée, Annie s'écrie :

— Monsieur Clément ! Venez ! J'ai trouvé un volcan !

Le professeur accourt. Il s'assied près de la fillette tremblante et lui met la main sur l'épaule.

— Qu'y a-t-il ? interroge-t-il. Pourquoi cries-tu comme ça ?

— Là-bas ! Il y a un volcan... répète sa jeune

compagne. Il grondait, et, tout à coup, des nuages de fumée sont sortis de terre ! On doit partir vite avant que la lave coule le long de la colline et nous ensevelisse !

— Allons, allons... dit M. Clément d'une voix calme.

Puis, à la grande surprise d'Annie, il se met à rire :

— Tu crois vraiment que c'était un volcan ?

— Vous pensez que c'est autre chose ?

Le professeur lui répond avec un sourire.

— Figure-toi que, sous ce grand plateau, il existe plusieurs longs tunnels. Ceux-ci ont été creusés il y a de nombreuses années, pour permettre aux trains de relier les vallées entre elles. Ce sont des lignes très anciennes, qui doivent être bientôt fermées. À ma connaissance, elles ne sont même pas électrifiées : seuls les convois à vapeur peuvent les utiliser. Or cela fait bien longtemps que ce genre de train n'est plus en circulation...

— Je ne savais pas qu'il y avait des trains là-dessous et je croyais vraiment que j'étais assise sur un volcan, avoue la fillette en rougissant. Vous ne le direz pas aux autres ? J'ai peur qu'ils se moquent de moi.

— Je ne dirai rien, promet le professeur.

— Je suis rassurée de savoir qu'on ne finira

pas ensevelis sous la lave, reprend Annie, mais je ne comprends toujours pas ce qui a provoqué ce terrible grondement et cette fumée blanche. Vous venez de m'expliquer que les tunnels n'étaient plus utilisés !

— Il y a de grands trous d'aération çà et là. Dans le temps, ils servaient à évacuer la vapeur rejetée par les locomotives. Le nuage que tu as vu était sûrement provoqué par une bourrasque dans les galeries, qui a fait soulever de la poussière. Et c'est certainement l'écho qui a transformé le bruit du vent en grondement. Et maintenant je crois qu'il vaut mieux retourner au campement. Tu as déjeuné ? J'ai une faim de loup ; je suis parti très tôt ce matin, pour suivre un papillon que j'ai vu voler près de ma tente.

— On a mangé il y a deux heures, répond la fillette. Mais mes frères et Claude ont dû rentrer de la ferme avec du pain. Je vous ferai griller des tartines, si vous voulez.

— Tu me mets l'eau à la bouche ! se réjouit M. Clément. Quant aux volcans, je n'en dirai pas un mot ; c'est notre secret !

Tous deux retournent aux tentes où les autres commençaient à s'étonner de l'absence prolongée d'Annie.

CHAPITRE 4

Les trains fantômes

Les garçons et Claude se mettent aussitôt à raconter leur visite à la ferme.

— C'est une ferme modèle ! déclare François pendant qu'Annie découpe de généreuses tranches de pain frais pour le petit déjeuner de M. Clément. Une jolie maison, une laiterie flambant neuve, des étables impeccables. Il ne manque rien ! Il y a même un piano à queue dans le salon.

— Eh bien, ces fermiers doivent être très riches ! C'est cher, un piano à queue ! s'écrie sa sœur tout en faisant griller les tartines.

— Le propriétaire a une belle voiture, poursuit Mick. C'est une décapotable toute neuve ! Elle a dû lui coûter beaucoup d'argent. Son fils nous l'a montrée, et il nous a aussi fait voir les machines agricoles. Elles sont toutes plus modernes les unes que les autres !

— C'est extraordinaire, commente M. Clément. Je me demande comment on peut gagner tant d'argent sur ce terrain. Les derniers habitants du Grand Chêne vivaient beaucoup plus modestement. Ils n'auraient jamais pu acheter la moindre décapotable, ni le moindre piano à queue.

— Et si vous voyiez leurs camions ! renchérit Claude. Ils sont énormes ! Le garçon a dit que son père s'en servait pour apporter les produits de la ferme au marché.

— Quels produits ? demande le professeur en regardant la petite ferme. Je ne peux pas croire qu'ils ont besoin de plusieurs camions pour cela ! Une simple fourgonnette pourrait leur suffire.

— C'est pourtant ce que nous a raconté le fils du fermier, explique François. Les propriétaires doivent être très doués pour les affaires... En tout cas, la fermière nous a vendu tout plein de bons produits. On a acheté des œufs, du beurre, des fruits et même du jambon.

M. Clément déjeune avec appétit. Il écarte d'un geste les insectes qui tourbillonnent autour de sa tartine. Puis, il agite son oreille droite pour repousser la mouche qui s'y est posée.

— Oh ! Vous pouvez recommencer ? supplie Annie. Comment vous faites ça ? Si je m'exerce, est-ce que je parviendrai moi aussi à faire frétiller mon oreille ?

— J'en doute ! répond M. Clément avec un sourire. Bon, je vais travailler devant ma tente. Et vous ? Qu'avez-vous prévu ? Une promenade ?

— On pourrait aller pique-niquer dans un endroit agréable, propose François. Ça vous va ?

— Oh ! oui, approuve Mick. Si on faisait durcir des œufs ?

Quelques minutes plus tard, le déjeuner est prêt et enveloppé dans un sac.

— Vous ne vous égarerez pas ? demande le professeur.

— Oh ! non ! le rassure Claude. On a une boussole et une carte. Mais vous, monsieur, vous êtes sûr de ne pas vous perdre ?

François, Mick et Annie se retiennent de glousser.

— Vous savez, répond M. Clément en souriant, je suis déjà venu dans la région. J'en connais tous les ruisseaux, tous les sentiers et tous les volcans.

La benjamine du groupe éclate de rire. Les autres regardent le professeur d'un air éberlué, mais ils n'obtiennent aucune explication. Puis, les jeunes campeurs se mettent en route.

— Qu'est-ce qu'il fait beau ! C'est un temps idéal pour se promener, remarque Annie. On passe par où ?

— Je propose qu'on suive un sentier, suggère François. Ce serait trop fatigant de grimper toute la journée dans la bruyère.

Ils s'engagent donc sur le premier chemin qui s'offre à eux. Ils marchent longtemps. Un doux parfum monte des bruyères en fleur ; des lézards s'enfuient devant les jeunes promeneurs et des papillons de toutes les couleurs voltigent dans les airs. Annie aime surtout les bleus, et elle se promet de demander leur nom à M. Clément.

Le petit groupe déjeune au sommet d'une colline qui domine une vaste prairie où paissent des moutons. Au milieu du repas, Annie entend le même grondement qui l'a tant effrayée le matin. Et, à quelques mètres, un nuage de fumée blanche jaillit du sol. Dagobert se met à aboyer. Claude devient très pâle.

— N'ayez pas peur ! s'écrie fièrement sa cousine. M. Clément m'a expliqué que ces phénomènes étaient provoqués par les bourrasques qui balaient les vieux tunnels ferroviaires qui courent sous le plateau.

Ses compagnons la regardent avec étonnement. Claude se reprend et se met à rire. Elle appelle son chien.

— Ce n'est rien, Dago, viens ici. Tu n'as tout de même pas peur d'un souffle de vent, dis-moi ?

Cet incident fournit un nouveau sujet de conversation. C'est drôle de penser à ces souterrains abandonnés qui traversent les vallées.

— Venez, dit Mick. Continuons. On va marcher jusqu'au prochain sommet, et après ce sera l'heure de rentrer.

Ils trouvent un petit sentier qui semble ne pouvoir servir qu'aux lapins tellement il est étroit. En haut de la colline voisine, une surprise les attend. Dans la vallée, à leurs pieds, ils aperçoivent plusieurs voies de chemin de fer, silencieuses et désertes. Elles sortent d'un tunnel et, environ huit cents mètres plus loin, aboutissent à une espèce de gare de triage.

— Regardez ! crie François. Ce sont sans doute les vieux rails !

— Allons jeter un coup d'œil, propose Claude. Venez, il est encore tôt et on trouvera bien un raccourci pour rentrer.

Ils descendent la pente, arrivent à quelque distance du tunnel et suivent le chemin de fer jusqu'à la gare sans rencontrer personne.

— Oh ! s'exclame Mick. Il y a des vieux fourgons sur ces rails, là-bas. On dirait qu'ils n'ont pas servi depuis cent ans ! On va les voir de plus près ?

— Non, proteste Annie, effrayée.

Mais les deux garçons et Claude ne résistent pas à l'idée de jouer avec de vrais trains, et courent jusqu'aux fourgons immobilisés sur les voies. De toutes leurs forces, François et Mick en poussent un ; il roule et va heurter les tampons d'un autre. Le choc fait un vacarme assourdissant dans la gare silencieuse. La porte d'une masure s'ouvre alors brusquement et un personnage terrifiant en sort. C'est un homme qui a une jambe de bois, deux longs bras de gorille et un visage aussi rouge qu'une tomate, avec une grande moustache grise. Il ouvre la bouche ; sans doute va-t-il pousser des hurlements de colère, mais il se contente de chuchoter :

— Qu'est-ce que c'est que ça ? Comme si ce n'était pas assez affreux d'entendre des trains fantômes pendant la nuit ? J'ai donc pas droit à un peu de tranquillité dans la journée ?

Les enfants le regardent avec ébahissement et le croient fou. L'homme s'approche ; sa jambe de bois tape le sol avec un bruit sourd.

Il balance les bras et ferme à moitié les yeux comme s'il ne voyait pas à un mètre devant lui.

— J'ai cassé mes lunettes... gémit-il.

Et les Cinq étonnés et consternés voient deux larmes couler le long de ses joues.

— Le pauv' Tom Pied de Bois a cassé ses lunettes... sanglote l'étrange individu. Personne ne s'inquiète du pauv' vieux Thomas, maintenant, personne du tout.

Les enfants ne savent que répondre. Annie a pitié de ce vieillard, mais elle se cache derrière François. Thomas plisse de nouveau les yeux pour les voir.

— Vous avez donc perdu vot' langue ? Est-ce que j'ai des visions ou est-ce que vous êtes bien là ?

— Nous sommes là en chair et en os, déclare François. De là-haut, on a aperçu ces vieux fourgons et on est descendus pour les regarder. Qui êtes-vous ?

— Je viens d'vous l'dire, je suis le vieux Tom Pied de Bois, réplique le vieil homme avec impatience. Je suis le gardien. Mais je ne sais pas du tout ce qu'il y a à garder. Il paraît que je dois surveiller des trains fantômes ! Ça, jamais de la vie !

Les jeunes promeneurs l'écoutent avec curiosité.

— Quels trains fantômes ? demande Claude.

Thomas s'approche. Il regarde autour de lui comme s'il avait peur d'être entendu, et parle tout bas.

— Des trains fantômes que j'vous dis. Des trains fantômes qui sortent seuls du tunnel, la nuit, et y retournent sans mécanicien. Y a personne dedans. Une nuit, ils viendront chercher le vieux Thomas... Mais je suis un malin, moi. Je m'enferme dans ma cabane, je me glisse sous mon lit et j'éteins ma bougie, et les trains fantômes ne savent pas que je suis là.

Annie frissonne. Elle saisit la main de son frère aîné.

— François, partons. J'ai peur. C'est horrible. Qu'est-ce qu'il veut dire ?

Le vieillard change brusquement d'humeur ; il ramasse un caillou et le jette sur les enfants.

— Filez ! Je suis gardien ici. Et qu'est-ce qu'on m'a dit ? On m'a dit de chasser tous ceux qui s'approcheraient. Filez, que j'vous dis !

Terrifiée, Annie s'enfuit. Dagobert gronde, et il sauterait à la gorge du vieux Thomas si sa maîtresse ne le retenait pas par le collier. Mick se frotte le crâne à l'endroit où le caillou l'a frappé.

— C'est bon ! On s'en va ! déclare-t-il pour apaiser l'homme.

À l'évidence, ce dernier n'a pas toute sa tête.

— On ne savait pas que c'était défendu de venir ici, termine François. Surveillez vos trains fantômes. On ne reviendra plus !

Les garçons et Claude font demi-tour et rejoignent Annie.

— Qu'est-ce qu'il voulait dire ? demande la fillette effrayée. Qu'est-ce que c'est que des trains fantômes ? Des trains qui n'existent pas ? Est-ce qu'il les voit vraiment la nuit ?

— C'est son imagination qui lui joue des tours, explique sa cousine. Il vit tout seul ici, dans cette vieille cabane isolée, et il a le cerveau détraqué. N'aie pas peur, Annie, les trains fantômes n'existent pas.

— Dommage ! intervient François. J'aimerais beaucoup en voir un !

Puis il ajoute en se tournant vers son frère :

— Et toi, Mick ? Tu veux qu'on vienne guetter une nuit ? On pourrait découvrir ce qui se passe ici.

Les enfants et Dagobert laissent la gare déserte derrière eux et gravissent la pente couverte de bruyère pour retourner à leur campement. Tout en marchant, les garçons parlent du vieux Thomas à la jambe de bois et commentent ses mystérieux propos.

— C'est une drôle d'histoire, remarque François. Je me demande depuis combien de temps cette gare est désaffectée. Et pourquoi ce gardien continue à la surveiller...

— Je suppose qu'il y a une explication très simple à tout ça, répond Mick. Ce vieux bonhomme a le cerveau complètement fêlé. C'est pourquoi cette affaire paraît tellement étrange.

— Le garçon de la ferme pourra peut-être nous renseigner ! On l'interrogera demain. Mais j'ai bien peur qu'il n'y ait pas le moindre train fantôme dans les environs... Tant pis ! Enfin, j'aimerais quand même bien aller inspecter ces vieux rails... ça peut être amusant !

— Oh ! François, tais-toi ! s'écrie Annie toute tremblante. J'ai l'impression que tu cherches une autre aventure. Et tu sais, moi, les aventures, j'en ai déjà eu mon compte !

— Il n'y aura pas d'aventure, n'aie pas peur, promet Mick d'un ton rassurant. Et au pire, tu pourrais toujours te réfugier auprès de M. Clément.

— Eh ! Regardez ! Il y a quelqu'un là-bas ! s'écrie Claude avertie par Dagobert qui dresse les oreilles et se met à grogner.

— C'est sûrement un berger, estime l'aîné du groupe.

Son frère crie gaiement :

— Bonjour, monsieur ! Il fait beau aujourd'hui, hein ?

Le vieillard qui s'avance vers eux hoche la tête d'un air approbateur. En effet, c'est un berger. Il s'arrête devant les enfants.

— Vous n'auriez pas vu mes moutons en bas ? demande-t-il. Ils sont marqués d'une croix rouge.

— Non, on n'en a rencontré aucun en chemin, répond Claude. On est juste descendus à la gare.

— N'allez pas là-bas, prévient le vieux berger, et ses yeux d'un bleu fané se fixent sur François. C'est un endroit maudit !

— On a déjà entendu parler de trains fantômes, répond le jeune garçon en riant. C'est à eux que vous pensez ?

— Oui ! Des trains circulent dans ces tunnels... mais on ne sait pas d'où ils viennent ! poursuit l'homme. Souvent je les ai entendus quand j'étais là-haut avec mes moutons. Ce tunnel n'a pas servi depuis trente ans... et pourtant, des trains en sortent toutes les nuits !

— Comment le savez-vous ? Vous les avez vus ? demande Mick, et un frisson glacé parcourt son dos.

— Non, je les ai seulement entendus, réplique le vieillard. Comme ça : teuf... teuf... teuf, et les wagons s'entrechoquent. Bang ! Mais ils ne sifflent plus. Le vieux Tom Pied de Bois prétend que ce sont des trains fantômes. Il dit qu'il n'y a personne à l'intérieur des locomotives ! Ne descendez pas là-bas, c'est dangereux !

Claude aperçoit le visage terrifié d'Annie et se met à rire pour la rassurer.

— Ha ! Quelle histoire à dormir debout ! Je

ne crois pas aux trains fantômes ! Mick, tu as notre goûter dans ton sac ? Cherchons un peu d'ombre et on mangera nos sandwichs et nos gâteaux. Vous voulez manger avec nous, monsieur le berger ?

— Non, merci, vous êtes gentils, répond le vieux en s'éloignant. Il faut que j'aille retrouver mes moutons. Ils s'égarent toujours, et je suis obligé de leur courir après. Au revoir. Mais souvenez-vous : ne descendez pas dans cet endroit maudit !

Les enfants trouvent une petite pente gazonnée sous un chêne vert d'où « l'endroit maudit » est invisible, et ils s'asseyent en rond.

— Ce sont des bêtises ! déclare François pour ramener un sourire sur les lèvres d'Annie. On demandera demain au fils du fermier s'il a entendu parler de cette histoire de trains fantômes. Mais, à mon avis, c'est ce vieux bonhomme à la jambe de bois qui a fait un cauchemar. Et, ensuite, il l'a raconté à tout le monde.

— Tu as sûrement raison, acquiesce Mick. Vous avez remarqué que le berger n'a pas vu les trains ? Il les a simplement *entendus*. Je parie qu'il a été effrayé par le même genre de grondement que celui qu'on a perçu tout à l'heure.

Les enfants goûtent en regardant Dagobert qui s'efforce d'entrer dans un terrier de lapin. Il creuse avec les deux pattes de devant et soulève un nuage de poussière. Les jeunes campeurs lui ordonnent de cesser ce jeu idiot, mais il fait la sourde oreille.

— Si on ne sort pas Dago de ce trou, il s'y enfoncera tellement qu'on devra le tirer par la queue, remarque Claude. Dagobert ! Dagobert ! Reviens, maintenant !

Il faut les efforts combinés de Mick et de François pour obliger le chien à obéir, mais il ne cache pas son indignation. Il leur lance des regards furieux comme pour leur dire : « Bande de rabat-joie ! Je le tenais presque, le lapin, et il a fallu qu'ils viennent me déranger. »

Il se secoue pour se débarrasser du sable accroché à ses poils, puis s'élance de nouveau vers le trou ; mais sa maîtresse l'attrape par la queue.

— Non, Dagobert ! On rentre maintenant !

— Il cherche un train fantôme ! glousse Mick.

Cette plaisanterie les fait tous rire, excepté Annie. Ils retournent au camp, heureux à l'idée de se reposer après cette longue marche. Le chien les suit de loin, l'air bougon. Ils trouvent

M. Clément qui les attend ; la fumée de sa pipe virevolte dans l'air du soir.

— Ah ! vous voilà, se réjouit-il en levant vers eux ses yeux marron surmontés de sourcils en broussaille. Je commençais à me demander si vous ne vous étiez pas perdus. Enfin, je suppose que votre cher Dago aurait su vous ramener.

Dagobert agite poliment la queue.

— Ouah, jappe-t-il, et il court vers le seau d'eau pour étancher sa soif.

Annie l'arrête juste à temps.

— Non ! s'écrie-t-elle. C'est l'eau pour laver notre vaisselle. La tienne est là-bas dans cette gamelle.

L'animal va à son plat et se désaltère ; il juge qu'Annie est vraiment très tatillonne.

Mick demande à M. Clément s'il veut dîner.

— On ne fera pas un repas compliqué, décide le jeune garçon. On a goûté très tard.

— Vous êtes gentil ; moi non plus, je n'ai pas très faim, répond le professeur. Je vous ai apporté un quatre-quarts que ma femme a fait. Nous pourrons le partager. Et j'ai une bouteille de sirop de cassis ; il sera très bon avec l'eau du ruisseau.

Les filles vont chercher de l'eau fraîche. François coupe le gâteau en tranches.

— Vous vous êtes bien promenés ? demande M. Clément, quand tout le monde est réuni autour de la nappe sur laquelle sont disposées les assiettes en carton.

— Oui, répond Claude, mais on a rencontré un homme très bizarre ; il n'a qu'une jambe et il nous a parlé des trains fantômes.

Le professeur se met à rire.

— Ah ! ça, alors ! Ce devait être le cousin d'une petite fille qui croyait être assise sur un volcan !

Annie sourit.

— Ne me taquinez pas... C'est vrai, vous savez, ce monsieur est gardien dans une espèce de vieille gare déserte et il a dit que, lorsque les trains fantômes passaient, il éteignait sa lumière et se cachait sous son lit.

— Pauvre bonhomme, répond M. Clément. J'espère qu'il ne vous a pas fait peur ?

— Si, un peu... avoue la fillette. Il a jeté un caillou à Mick et l'a touché à la tête. Demain, on ira à la ferme pour demander au jeune garçon ce que sont ces trains fantômes. En rentrant de notre promenade, on a croisé un vieux berger qui les a entendus, lui aussi.

— C'est palpitant, s'exclame le professeur. Enfin, ces histoires fantastiques ont, en général, une explication toute simple. Au fait, vous voulez voir ce que j'ai découvert aujourd'hui ? Un scarabée très rare et très intéressant.

Il ouvre une petite boîte et montre à ses jeunes compagnons un scarabée qui a des antennes vertes et une tache rouge sur le dos. Claude le trouve très joli.

— Je n'aime pas beaucoup les insectes, pourtant celui-ci est ravissant. Vous pouvez passer toute une journée à chercher des bestioles, monsieur Clément ? Ça ne vous ennuie pas ?

— Au contraire, c'est passionnant ! réplique le professeur.

— Il fera beau demain, déclare François qui observe le soleil couchant. Quel sera notre programme ?

— Il faudra d'abord aller à la ferme, répond Mick. La fermière a promis de nous donner du pain, et on pourra aussi racheter des œufs. On en a pris huit ce matin, mais il ne nous en reste plus un seul ! Et qui a mangé toutes les prunes, j'aimerais bien le savoir ?

— Nous tous, rétorque Annie. On est tellement gourmands.

— C'est vrai... s'excuse M. Clément. J'en ai dévoré plusieurs ce matin.

C'est bon de se reposer en causant et en buvant du sirop de cassis. Fatigués par leur promenade, les enfants pensent avec plaisir aux sacs de couchage qui les attendent dans leurs tentes.

Dagobert lève la tête et bâille.

— Dago ! gronde gentiment Claude. Ferme la bouche, tu nous donnes envie de t'imiter !

C'est vrai. M. Clément lui-même s'étire. Puis il se lève.

— Je vais me coucher ! annonce-t-il. Bonsoir. Nous ferons des projets demain matin. Je vous apporterai quelque chose pour le petit déjeuner ; j'ai des tas de boîtes de sardines !

— Vous ne trouvez pas que c'est un peu bizarre, de manger des sardines au réveil, monsieur ? demande François avec un sourire en coin.

— Mais non, enfin ! Avec un peu de gâteau, ça fera un repas très bien composé, s'exclame le professeur qui descend déjà la colline.

Soudain, il s'arrête et semble réfléchir. Puis, il se retourne vers ses jeunes compagnons en se grattant la tête.

— C'est vrai que c'est un peu bizarre, les sardines au petit déjeuner... On trouvera autre chose ! Bonne nuit !

Et il reprend le chemin de sa tente, pendant que les enfants éclatent de rire. Les Cinq restent encore un moment sans bouger. Le vent fraîchit. Dagobert se remet à bâiller.

— Moi, je vais me coucher, affirme François. Bonsoir, les filles. La nuit sera très belle. Malheureusement, comme je dormirai dans deux minutes, je n'en profiterai pas.

Annie et Claude entrent dans leur tente et sont bientôt pelotonnées dans leur sac de couchage. Une vibration indique le passage d'une bourrasque, mais aucun bruit ne l'accompagne. Deux minutes après, les deux cousines dorment profondément.

Les garçons sont encore éveillés. Eux aussi ont senti le tremblement de la terre sous eux, et leur pensée se tourne aussitôt vers la vieille gare.

— C'est vraiment drôle cette histoire de trains fantômes, dit l'aîné. Je me demande ce qu'il y a de vrai là-dedans.

— Absolument rien, sans doute, répond Mick. Mais quand même, on ira demain à la ferme et on aura une petite conversation avec le fils du fermier ; il habite ici depuis longtemps et il doit savoir la vérité.

— La vérité, c'est que le vieux Thomas est maboule ! Il raconte des bêtises, et les gens du voisinage croient tout ce qu'il dit.

— Tu as sans doute raison, approuve son frère. Eh ! Qu'est-ce que c'est que ça ?

Une ombre noire se faufile dans la tente en poussant un petit gémissement.

— Oh ! c'est toi, Dagobert. Fiche-nous la paix. Ne fais pas semblant d'être un train fantôme ! Va-t'en. Si tu t'approches de moi, je t'enverrai rouler jusqu'en bas de la colline.

L'animal pose la patte sur le ventre de François.

— Claude ! crie le jeune garçon. Rappelle ton chien, il me prend pour un vieux tapis !

La jeune maîtresse ne répond pas. Dagobert, vexé de cet accueil, disparaît ; il retourne auprès des filles et se couche en rond à l'arrière de leur tente. Puis, le museau sur les pattes, il s'endort.

— Dagobert le fantôme, murmure François. Le fantôme Dagobert. Je veux dire..., qu'est-ce que je veux dire...

— Chut ! l'interrompt Mick. Vous m'empêchez de dormir, Dagobert et toi !

Le silence tombe sur le petit camp. Personne n'entend le grondement du train suivant, pas même Dagobert.

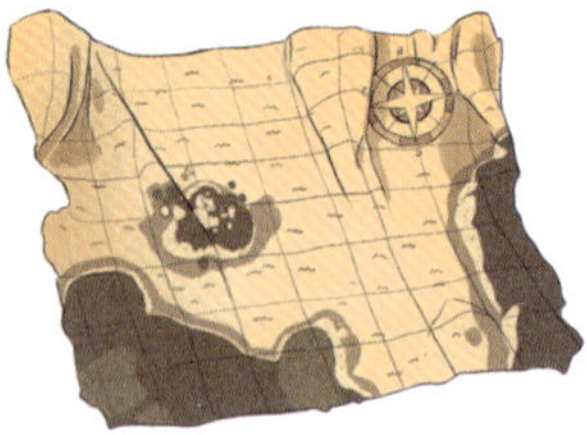

CHAPITRE 6

La journée à la ferme

Le lendemain, les enfants se lèvent de très bonne heure. M. Clément, lui aussi, est matinal et ils déjeunent tous ensemble. Après le repas, le professeur étudie avec soin la carte des environs.

— Je vais faire une excursion qui durera toute la journée, déclare-t-il à ses jeunes compagnons qui sont assis près de lui. Vous voyez cette petite vallée ? Eh bien, il paraît que c'est là que l'on trouve les scarabées les plus rares de France. J'ai l'intention d'explorer le coin pour voir si c'est vrai. Et vous, qu'allez-vous faire, tous les quatre ?

— Cinq ! proteste Claude. Vous avez oublié Dagobert.

— C'est vrai, je lui demande pardon, répond

M. Clément d'un ton solennel. Eh bien, quels sont vos projets ?

— On va à la ferme pour acheter du pain et des œufs, explique Annie. Et on voudrait interroger le fils du fermier, il sait peut-être quelque chose sur les trains fantômes. D'ailleurs, il nous fera sans doute visiter les étables et rencontrer les animaux. J'adore les fermes !

— C'est parfait, juge le professeur en bourrant sa pipe. Ne vous inquiétez pas si je ne rentre pas avant le crépuscule. Quand je suis à la chasse aux insectes, j'ai tendance à oublier l'heure.

— Vous êtes sûr que vous ne vous perdrez pas ? demande Mick avec un peu d'anxiété.

Il est certain que M. Clément ne pourra pas retrouver tout seul son chemin.

— Oh ! non, mon oreille droite m'avertit si je m'égare, répond l'homme. Elle remue très fort !

Il la fait frétiller, et Annie se met à rire.

— Je voudrais bien savoir comment vous faites ça ! s'exclame-t-elle. J'aurais beaucoup de succès à l'école, si j'étais capable de vous imiter !

Le professeur se lève.

— À ce soir, dit-il. Je me sauve. Si je reste

une minute de plus, Annie m'obligera à lui livrer mon plus précieux secret.

Il descend la colline et disparaît au détour d'un sentier.

Claude et Mick lavent la vaisselle pendant que François et Annie resserrent les cordes des tentes qui se sont relâchées.

— Ce n'est pas risqué de laisser nos affaires sans surveillance ? questionne cette dernière, anxieusement.

— C'est bien ce qu'on a fait hier, rappelle Mick. Je me demande qui viendrait nous voler. Il n'y a personne par ici. Tu n'imagines quand même pas qu'un train fantôme va arriver pour entasser nos tentes dans son fourgon et filer à toute vitesse ?

— Mais non ! que tu es bête ! s'écrie Annie en riant. Je pensais juste qu'on pourrait laisser Dagobert pour qu'il garde le campement...

— Laisser Dagobert ? s'indigne sa cousine. Pauvre chien ! Il s'ennuierait à mourir, tout seul au milieu des tentes ! C'est hors de question ! Tu as vraiment de drôles d'idées, Annie !

— Bon, bon... n'en parlons plus ! intervient François. Et croisons les doigts pour qu'on retrouve toutes nos affaires à notre retour.

Bientôt la vaisselle est propre, et les torchons sont suspendus aux genêts pour mieux sécher au soleil. Tout est bien rangé dans les tentes. Plus rien ne retient les Cinq dans le campement. Annie prend un panier et en donne un autre à Mick.

— Pour rapporter les provisions, explique-t-elle.

Ils se mettent en route au milieu des bruyères ; les fleurs exhalent une odeur de miel, et les abeilles butinent fébrilement. C'est une belle journée, et les enfants se sentent libres et heureux. Ils atteignent bientôt la jolie petite ferme. Plusieurs hommes travaillent dans les champs, mais les jeunes promeneurs trouvent qu'ils ont l'air assez indolents. Les enfants se mettent à la recherche du garçon de la ferme. Celui-ci sort d'un hangar et les hèle.

— Eh ! Salut ! Vous voulez des œufs ? J'en ai mis de côté pour vous.

Il regarde fixement la benjamine du groupe.

— Tu n'es pas venue hier, toi ! Comment tu t'appelles ?

— Annie, et toi ?

— Sébastien, répond le fils du fermier avec un sourire.

C'est un garçon très sympathique. Il a des cheveux blonds, des yeux bleus, un visage un peu rouge et une expression gaie et gentille.

— Où est ta mère ? interroge François. On

voudrait lui acheter du pain. On a presque tout mangé hier et on a besoin de quelques provisions.

— Elle est occupée à la laiterie, explique Sébastien. Vous êtes pressés ? En attendant que maman ait fini avec le lait, vous pouvez venir voir mes petits chiens !

Les Cinq le suivent dans un hangar. Là, ils aperçoivent une grande caisse pleine de paille où est couchée une grosse chienne entourée de quatre adorables chiots. Elle aboie à la vue de Dagobert qui se hâte de battre en retraite. Il sait par expérience que les mères sont prêtes à tout pour défendre leurs petits. Les quatre enfants s'émerveillent devant la beauté des petits animaux, et Annie en prend un dans ses bras.

— Oh... Je voudrais tellement qu'il soit à moi, soupire-t-elle. Je l'appellerais « Mignon » !

— Pfff ! siffle sa cousine avec mépris. Quel nom idiot ! Allez, passe-moi ce chien. Est-ce qu'ils sont tous à toi, Sébastien ?

— Oui, répond le garçon avec fierté. La mère est à moi ; elle s'appelle Diane.

La grosse chienne dresse les oreilles en entendant son nom et fixe des yeux brillants sur son jeune maître. Il caresse la tête soyeuse de l'animal.

— Je l'ai depuis quatre ans, dit-il. C'est un

voisin qui me l'a donnée quand on vivait à la ferme des Trois Chemins. Diane était à peine âgée de huit semaines !

— Tu habitais dans une autre ferme avant celle-ci ? demande François.

— Oui. Maman et moi nous avons été obligés de quitter la ferme des Trois Chemins quand papa est mort, et on a vécu en ville pendant deux ans. Je ne m'y plaisais pas du tout ; j'ai été bien content de venir au Grand Chêne.

— Tiens, je croyais que ton père était ici, remarque Mick surpris.

— C'est mon beau-père, explique Sébastien. Il n'est pas fermier.

Il jette un regard autour de lui et baisse la voix.

— Il ne connaît pas grand-chose à l'agriculture. C'est ma mère qui s'occupe de tout, mais il lui donne beaucoup d'argent. On a de belles machines et des voitures. Vous voulez voir la laiterie ? Maman aime beaucoup y travailler.

Le garçon conduit ses compagnons dans la laiterie reluisante de propreté où sa mère s'affaire avec une employée. Elle sourit à ses jeunes visiteurs.

— Bonjour. Vous avez encore besoin de provisions ? Je remplirai vos paniers quand j'aurai fini mon travail. Voulez-vous déjeuner avec mon Sébastien ? Il est très seul ici pendant les vacances... Il n'a personne pour lui tenir compagnie.

— Oh ! On peut rester ? s'exclame Annie, ravie. C'est super ! Merci beaucoup, madame !

— Je m'appelle Mme André, dit la fermière en riant. Mais mon fils s'appelle Sébastien Guérin. C'est le fils de mon premier mari qui était agriculteur. Restez donc déjeuner et je vous préparerai un repas bien copieux !

Cette invitation comble de joie les quatre enfants. Dagobert agite la queue avec énergie. Mme André lui plaît beaucoup.

— Venez ! s'écrie gaiement Sébastien. Je vais vous faire visiter la ferme. Elle n'est pas très grande, mais ça sera bientôt la plus belle ferme de la région !

Les enfants sont fascinés par les machines ultra-modernes. Ils examinent une batteuse toute neuve ; ils entrent dans l'étable, admirent les dalles blanches et les murs de brique blancs ; ils escaladent des charrettes peintes en rouge et voudraient bien essayer les deux tracteurs qui sont garés côte à côte dans une grange.

— Vous avez beaucoup d'employés, observe François. Je ne pensais pas qu'il en fallait tant pour cette petite propriété.

— Ils sont paresseux, explique Sébastien les

sourcils froncés. Maman est furieuse contre eux ; ils ne connaissent pas leur métier. Son mari n'arrête pas d'embaucher des hommes pour labourer et moissonner, mais il les choisit mal. Chaque fois qu'ils le peuvent, ils filent en ville. Notre seul bon travailleur, c'est Anatole. Vous le voyez, là-bas ?

Il désigne un homme occupé à désherber le potager. C'est un vieillard aux yeux très bleus et au visage ridé.

— Il ne s'entend pas avec les autres employés, souligne le nouvel ami des Cinq. Il les traite de fainéants.

Mick s'approche du vieil Anatole.

— Bonjour, dit-il. Je vois que vous êtes très occupé. Il doit y avoir beaucoup à faire dans une ferme, non ?

Le vieux lève les yeux vers le garçon et reprend aussitôt sa besogne.

— Ah ça, oui ! Y'a beaucoup à faire ! Mais ici, y'a que des fainéants ! grogne-t-il. Je ne croyais pas qu'un jour je travaillerais avec d'aussi grands paresseux ! Ces employés sont tout mous ! Ils ne comprennent rien aux activités agricoles !

— Qu'est-ce que je vous avais dit ! pouffe Sébastien. Il passe son temps à se plaindre des autres. Du coup, on le laisse travailler tout seul.

Mais il a raison, la plupart des types qui sont ici ne savent absolument rien faire. Mon beau-père ferait mieux d'embaucher des gens sérieux...

— Et où est-il ton beau-père ? demande Claude.

« Il faut être stupide, pense-t-elle, pour dépenser tant d'argent en machines neuves et choisir des ouvriers incapables. »

— Il est absent pour la journée, explique le garçon. Heureusement ! ajoute-t-il en jetant un regard de côté sur ses nouveaux amis.

— Tu ne t'entends pas avec lui ? demande Annie.

— Il est gentil, reconnaît Sébastien. Mais, malgré les airs qu'il se donne, ce n'est pas un vrai fermier. Et puis il ne m'aime pas beaucoup ; j'essaie de l'apprécier à cause de maman, mais je suis bien content quand il s'en va.

— En tout cas, ta mère semble très gentille, intervient François.

— Ça, oui ! Maman est adorable ! Et vous ne pouvez pas vous imaginer comme elle est contente d'avoir une ferme aussi belle !

Le petit groupe arrive à une grange ; la porte est fermée à clef.

— Je vous ai déjà dit ce qu'il y a là-dedans, déclare Sébastien. Des camions ! Regardez-les par cette fente. Je ne sais pas pourquoi mon beau-père en a acheté plusieurs à la fois ; il a dû faire une affaire. Il aime acheter des objets pour les revendre plus cher. Il dit que ces camions seront utiles pour porter les récoltes au marché.

— Est-ce qu'une simple fourgonnette ne suffirait pas ? questionne Mick, se rappelant la remarque faite la veille par M. Clément.

— Je ne sais pas... avoue le garçon. En tout cas, maman a l'air de croire ce que lui dit son mari ! Moi, je me demande parfois si les camions sont vraiment pour la ferme... Peut-être que mon beau-père les garde en attendant de pouvoir les revendre à bon prix ?

Les Cinq écoutent leur interlocuteur avec intérêt. Ils voudraient bien rencontrer l'énigmatique M. André.

« Ce doit être un drôle de type », pense François.

Annie essaie d'imaginer son aspect :

« Il doit être grand et sec, les sourcils toujours froncés, brusque et impatient, songe-t-elle. Et forcément, il n'aime pas les jeunes ; les types comme lui n'aiment *jamais* les jeunes. »

Les enfants passent une agréable matinée à aller et venir dans la petite ferme ; ils retournent rendre visite à Diane et à ses petits. Dagobert attend dehors, la queue entre les jambes, furieux de voir que Claude s'intéresse à d'autres chiens que lui.

Soudain, une cloche retentit.

— Ah ! s'exclame Sébastien. C'est le déjeuner ! Maman a certainement préparé quelque chose de bon. Allons nous laver les mains.

— J'ai une faim de loup, annonce Annie. Comme si je n'avais rien mangé depuis huit jours !

Tous pourraient en dire autant. Ils entrent dans la ferme. Une odeur appétissante monte de la cuisine. Les enfants vont à la salle de bains.

— On sera prêts dans une minute, maman !

Qui passerait des heures à se laver quand un délicieux repas attend dans la salle à manger ?

CHAPITRE 7

M. André

Ils s'asseyent autour de la table chargée de bonnes choses : un pâté en croûte, un jambon, de la salade, des pommes de terre en robe de chambre. Tout a l'air appétissant !

— On va commencer par le pâté, déclare Mme André. Puis je vous servirai du jambon. Dans une ferme, la nourriture est très simple, mais on n'utilise que de bons produits.

Le dessert se compose de tartelettes aux prunes sur lesquelles on peut verser une crème épaisse et délicieuse.

— Je ne me suis jamais autant régalée, affirme Annie quand elle est rassasiée. Je voudrais bien manger un peu plus, mais c'est impossible. Vous nous avez gâtés, madame André !

— Ouah ! Ouah ! approuve Dagobert.

Mme André lui a rempli une assiette avec des os, du pain et de la sauce et il n'en a pas laissé une miette.

La fermière donne un morceau de chocolat à chacun de ses convives et envoie tout le monde dehors.

— Allez vous reposer au soleil, suggère-t-elle. Vous pourrez passer l'après-midi avec Sébastien. Il n'a pas assez d'amis de son âge pendant les vacances. Vous reviendrez goûter vers quatre heures.

— Oh ! merci ! s'écrient les enfants.

Ils savent qu'ils seront incapables d'avaler la moindre bouchée, mais ils acceptent l'invitation pour prolonger leur séjour à la ferme.

— Est-ce qu'on pourra prendre un des petits chiens ? demande Annie.

— Si Diane le permet, répond Mme André en débarrassant la table. Et si Dagobert promet de ne pas le dévorer.

— Oh ! non, Dago est trop bien élevé, réplique Claude. Va chercher le chiot, Annie ; pendant ce temps on choisira une place confortable au soleil.

La benjamine du Club des Cinq va prendre l'animal. Diane fait confiance à la fillette et n'oppose aucune résistance. La petite bête touf-

fue serrée contre la poitrine, elle va rejoindre les autres, déjà installés contre une meule de foin.

— Eh bien ! Vos employés prennent leur temps pour déjeuner ! constate François en observant que les champs sont déserts.

Sébastien pousse un soupir.

— C'est vrai... À la place de mon beau-père, je les mettrais tous à la porte. Maman lui a souvent dit que ses hommes ne travaillaient pas bien, mais il se contente de hausser les épaules. Moi, ça ne me regarde pas, ce n'est pas moi qui les paie. Si je les payais, je les renverrais !

— Au fait, Sébastien, intervient Claude. Tu as entendu parler des trains fantômes ?

— Des trains fantômes, qu'est-ce que c'est que ça ? demande le garçon les yeux écarquillés.

— Tu n'es au courant de rien ? interroge François. Pourtant tu n'habites pas très loin d'eux !

— Pas possible ! poursuit Sébastien, l'air passionné. Des trains fantômes ? Je ne savais pas que ça existait.

— On va te dire ce qu'on a découvert, reprend l'aîné du groupe. Mais on espérait que tu pourrais nous renseigner, parce qu'on ne sait pas grand-chose.

Il raconte la visite à la gare déserte et répète les paroles du vieux Tom Pied de Bois. Le nouvel ami des Cinq l'écoute avec un étonnement grandissant.

— J'aurais tellement aimé être avec vous ! Si on descendait là-bas ensemble ? Quelle histoire ! Moi qui n'ai jamais vécu une seule aventure de toute ma vie !

François, Claude, Mick et Annie échangent un regard, et Dagobert adresse à sa maîtresse un jappement de complicité. Les aventures, ça les connaît !

— Oui, on a connu des péripéties incroyables ! raconte Mick. On a été emprisonnés dans des cachots ; on s'est perdus dans des souterrains ; on a trouvé des passages secrets ; on a découvert des trésors. Je ne peux pas te raconter tout, ce serait trop long !

— C'est vrai ? s'écrie Sébastien sidéré. Il vous est arrivé tout ça ? Toi aussi, Annie ?

— Oui, moi aussi, répond fièrement la fillette.

— Et n'oublions pas Dagobert ! ajoute Claude. Il nous a sauvés je ne sais combien de fois de terribles dangers. Hein, Dago ?

— Ouah, ouah ! acquiesce le chien, et il frappe la meule de sa queue.

Les enfants se mettent à raconter à Sébastien les aventures des vacances précédentes ; ce dernier les écoute bouche bée.

— C'est génial ! commente-t-il enfin. Je n'ai jamais rien entendu d'aussi palpitant. Vous en avez, de la chance ! Il vous arrive tout le temps des choses extraordinaires. Et pendant ces vacances, vous croyez que vous vivrez de nouvelles péripéties ?

François rit.

— Non. Qu'est-ce qui pourrait bien se passer sur ce plateau désert ? D'ailleurs, toi, tu habites ici depuis longtemps et il ne t'est jamais rien arrivé !

— C'est vrai, soupire Sébastien, jamais...

Mais brusquement ses yeux se mettent à briller.

— Et ces trains fantômes, dont vous parlez, c'est peut-être le début d'une aventure ?

— Oh ! non ! proteste Annie d'une voix horrifiée. Des trains fantômes, ça doit faire très peur.

— J'aimerais vraiment vous accompagner dans cette vieille gare et voir Tom Pied de Bois... insiste le garçon. Cet étrange bonhomme me jetterait peut-être des cailloux ? Promettez-moi de m'emmener la prochaine fois que vous irez.

— On n'a pas l'intention d'y retourner,

réplique Mick. Cette histoire n'a ni queue ni tête. Le type est devenu complètement fou parce qu'il reste enfermé dans cette gare déserte. Il croit entendre les trains qui passaient autrefois quand le tunnel servait encore.

— Et le berger ? Vous m'avez dit qu'il avait raconté la même chose que Thomas, fait observer Sébastien. Allons là-bas une nuit : on verra bien s'il y a des trains fantômes.

— Non ! répète Annie.

— Mais tu n'aurais pas besoin de venir, la rassure le fils de la fermière. J'irai juste avec tes frères.

— Et moi ! intervient Claude immédiatement. Je suis aussi courageuse qu'un garçon et je ne veux pas rester à l'écart. Dagobert viendra aussi !

— Oh ! s'il vous plaît... gémit sa cousine. Ne vous lancez pas dans cet affreux projet... Ça finira par une catastrophe !

Mais les autres ne l'écoutent pas. Sébastien est tout rouge tant il est excité. Son enthousiasme se communique à François.

— Allez, c'est d'accord ! accepte ce dernier. Si on décide d'aller là-bas pour guetter les trains fantômes, on t'emmènera avec nous !

Le nouvel ami des Cinq est radieux.

— Ça c'est sympa ! se réjouit-il. Merci

beaucoup ! Des trains fantômes ! Je voudrais tellement en voir un ! Qui les conduit ? D'où viennent-ils ?

— D'après le vieux Thomas, ils sortent du tunnel, explique Mick. Mais seul leur bruit indique leur présence, parce que ces convois ne circulent qu'en pleine nuit. J'ai peur qu'on ne voie pas grand-chose si on va à la gare...

Ce sujet passionne Sébastien et il y revient sans cesse. Pour Annie il est au contraire ennuyeux, et elle finit par s'endormir, le petit chien dans les bras. Dagobert se pelotonne auprès de Claude et s'offre une bonne sieste. Il aurait préféré une promenade, mais il comprend que ses amis se trouvent bien où ils sont et se résigne à l'immobilité.

Le temps s'écoule rapidement et l'heure du goûter arrive. En entendant sa mère l'appeler, Sébastien sursaute.

— Le goûter ! Déjà ? Je ne croyais pas qu'il était si tard. J'ai passé une journée vraiment super. Écoutez, si vous ne vous décidez pas à aller à la chasse aux trains fantômes, je pense que j'irai seul. Je serais tellement heureux de vivre enfin une aventure.

Ils retournent à la ferme après avoir eu un peu de mal à réveiller Annie. La fillette rapporte le chiot à Diane qui se met immédiatement à lui faire une toilette soignée.

François est surpris de constater qu'il a faim.

— J'étais pourtant certain de ne pas pouvoir avaler une seule bouchée d'ici la fin de la semaine ! déclare-t-il en s'asseyant à la table. Oh ! Quel beau goûter, madame André !

On mangerait sans appétit, rien que par gourmandise ! Tout est si tentant : la brioche faite maison, les tartines de beurre croquantes, le fromage crémeux, le pain d'épice qui sort du four, la grande tarte aux abricots.

— Je regrette d'avoir été si gloutonne à midi, soupire Annie. Je pourrai à peine avaler un petit morceau de ces bons gâteaux. Quel dommage !

La fermière se met à rire.

— Vous emporterez ce qui vous fera envie. Du fromage à la crème, de la brioche, du miel, une grosse miche et aussi du pain d'épice. Je les emballerai dans du plastique.

— Merci ! répond Mick. On ne risquera pas de mourir de faim ! Vous êtes une cuisinière merveilleuse ; je voudrais bien habiter votre ferme.

Soudain le ronronnement d'un moteur se fait entendre, et Mme André lève la tête.

— C'est mon mari qui revient, explique-t-elle. Le beau-père de Sébastien.

Les Cinq ont l'impression qu'elle est inquiète. Peut-être M. André n'aime-t-il pas trouver des inconnus chez lui quand il rentre du travail ?

— On va partir... dit Claude poliment. Votre mari est sans doute fatigué de sa journée ; il a sûrement envie de se reposer et on ne veut pas le déranger...

La mère de Sébastien secoue la tête.

— Non, restez, je lui servirai du café dans une autre pièce, s'il préfère.

M. André entre. Son apparence n'est pas du tout celle qu'avaient imaginée Annie et ses compagnons. C'est un petit homme brun et trapu, avec un nez beaucoup trop grand pour son visage. Il paraît de mauvaise humeur et s'arrête net à la vue des cinq enfants.

— Bonsoir, dit Mme André. Sébastien a invité des copains aujourd'hui. Veux-tu que je te serve une tasse de café dans notre chambre ?

— Si ça ne te dérange pas trop, répond le nouveau venu avec un faible sourire. J'ai eu une journée harassante et je n'ai même pas trouvé le temps de déjeuner.

— Je t'apporterai du jambon et de la tarte, promet sa femme.

Et elle commence à préparer un plateau sur lequel elle dispose plusieurs plats. M. André monte à la salle de bains et on entend couler l'eau ; puis il redescend et s'arrête sur le seuil de la porte.

— Au fait, Sébastien, tu as passé une bonne journée ? demande-t-il.

— Géniale ! répond le garçon, tandis que son beau-père prend le plateau des mains de son épouse et se retourne pour partir. Ce matin, on a visité toute la ferme et cet après-midi on a discuté pendant des heures. Dis donc, tu savais qu'il y avait des trains fantômes ?

M. André fait brusquement demi-tour.

— Des trains fantômes ? Qu'est-ce que tu racontes ?

— Mes nouveaux copains m'ont raconté qu'il y a une gare abandonnée tout près d'ici, et que des trains fantômes sortent d'un vieux tunnel en pleine nuit, explique Sébastien. Tu ne le savais pas ?

L'homme reste immobile, les yeux fixés sur son beau-fils. Il a l'air indigné. Puis il revient dans la salle à manger et ferme la porte d'un coup de pied.

— Je vais boire mon café ici, avec vous ! annonce-t-il. Alors, comme ça, quelqu'un a révélé l'existence des trains fantômes ! Et moi qui ai eu bien soin de ne pas en parler à ta mère ni à toi, Sébastien ! J'avais peur de vous effrayer.

— Alors c'est donc vrai ? s'écrie Mick.

— Dites-moi ce que vous avez appris, ordonne sèchement M. André en posant son plateau sur la table et en s'asseyant. N'oubliez aucun détail. Je veux tout savoir.

François a une hésitation.

— Oh ! il n'y a pas grand-chose à dire, monsieur... C'est... c'est si stupide.

— Racontez-moi tout, insiste le mari de la fermière. Après, je vous expliquerai mon point de vue sur cette histoire, et je vous assure que vous ne remettrez plus les pieds dans cette gare !

CHAPITRE 8

Une soirée de paresse

Les cinq enfants et Mme André le regardent avec surprise. Il répète, d'un ton plus énergique encore :

— Dites-moi tout ce que vous savez, puis moi je parlerai.

François se décide à expliquer brièvement ce qui s'est passé à la gare et ce qu'a raconté le vieux Thomas. Résumée en quelques mots, l'histoire paraît complètement stupide. Pourtant, M. André l'écoute avec la plus grande attention. Puis il se renverse sur son siège et vide d'un trait sa tasse de café. Les enfants attendent ses commentaires, bouillants de curiosité.

— Écoutez-moi bien maintenant, dit-il d'une voix solennelle en détachant chaque mot. Qu'aucun de vous ne redescende là-bas. C'est un endroit dangereux.

— Pourquoi ? demande Claude. Qu'est-ce qu'on risque ?

— Des événements terribles ont eu lieu là-bas, il y a bien des années. Des accidents... et peut-être même des crimes ! Alors la gare a été fermée et le tunnel n'a plus servi. Personne n'avait l'autorisation d'y aller et personne n'en avait envie. Les habitants de la région avaient peur. On savait que c'était un endroit dangereux où se passaient des choses inquiétantes.

Annie ne peut s'empêcher de frissonner.

— Monsieur André, vous ne voulez pas dire qu'il y a vraiment des trains fantômes ? demande-t-elle toute pâle.

L'homme se redresse et hoche solennellement la tête.

— C'est exactement ce que je veux dire : des trains fantômes font la navette entre la gare et le tunnel. Personne ne sait pourquoi ; mais ils portent malheur à ceux qui sont sur leur passage. Ils pourraient même vous enlever ! Et vous disparaîtriez à jamais !

Claude se met à rire.

— C'est impossible, monsieur. Mais vous faites peur à Annie. Il vaut mieux parler d'autre chose. Moi, je ne crois pas aux trains fantômes.

Le beau-père de Sébastien refuse de changer de conversation.

— Le vieux Thomas a raison de se cacher quand les trains passent, explique-t-il. D'ailleurs, je me demande comment il peut rester dans un endroit pareil. Moi, je n'oserais pas. On ne sait jamais à quel moment un train va sortir de ce vieux tunnel obscur.

Claude ne peut en supporter davantage. Annie a l'air malade de peur. Elle se lève de table et se tourne vers Mme André.

— On vous remercie beaucoup pour cette agréable journée et ces bons repas, dit-elle. C'est l'heure de retourner au camp.

Puis, elle s'adresse à ses compagnons :

— Vous venez ?

— Une minute, l'interrompt M. André. Je vous défends formellement d'aller dans cette gare ! Vous m'entendez ? Surtout toi, Sébastien ! Tu n'en reviendrais peut-être jamais. C'est un endroit dangereux ! Je ne veux pas que tu y ailles. Ni toi, ni tes amis !

— Merci de cet avertissement, monsieur, répond sèchement François, saisi d'une violente antipathie pour ce petit homme au grand nez. On s'en va. Au revoir, madame André, au revoir, Sébastien. Tu peux venir nous voir, demain, si tu veux. On fera un pique-nique.

— Oh ! merci, oui, je viendrai, s'écrie

Sébastien. Mais attendez, vous n'emportez pas de provisions ?

— Bien sûr que si, intervient sa mère, qui a écouté toute la conversation avec une expression de surprise.

Elle se lève, va dans la cuisine et ouvre le réfrigérateur. François la suit, chargé des deux paniers.

— Je vais vous donner de quoi vous régaler, annonce la fermière en sortant du beurre et du fromage à la crème. Les jeunes comme vous ont bon appétit. Ne prenez pas trop au sérieux les paroles de mon mari ; la pauvre petite Annie était toute pâle de frayeur. Moi, je n'ai jamais entendu parler de ces trains fantômes, et pourtant je vis ici depuis trois ans ! Il doit s'agir de racontars, comme il en existe souvent à la campagne.

Le jeune garçon garde le silence ; il trouve que M. André s'est conduit d'une façon étrange. Le beau-père de Sébastien est-il vraiment assez stupide pour croire à de vieilles rumeurs ? François se demande comment une femme comme Mme André a pu épouser un homme aussi curieux.

L'aîné du Club des Cinq remercie la fermière. Quand il retourne dans la salle à manger, ses compagnons sont déjà sortis. Seul

M. André est resté attablé. Il mange son jambon.

— Au revoir, dit poliment François.

— Au revoir, et rappelez-vous ce que je vous ai dit, reprend l'homme. Les trains fantômes portent malheur. Ne vous approchez pas de cette gare maudite !

Le jeune garçon sourit et quitte la maison.

C'est le soir, et le soleil se couche lentement derrière les collines. François rattrape ses compagnons. Sébastien est avec eux.

— Je vous accompagne jusqu'à mi-chemin, annonce ce dernier. Dites, mon beau-père a l'air d'avoir rudement peur des trains fantômes, non ?

— Il m'a fait frissonner, moi aussi, ajoute Annie. Je ne descendrai plus jamais dans cette gare. Et toi, Claude ?

— Si les garçons y vont, j'irai avec eux, déclare sa cousine qui, pourtant, ne paraît pas très rassurée.

— Moi, je n'ai pas peur du tout ! annonce le fils de la fermière. Ce serait une véritable aventure d'aller guetter les trains fantômes.

— On ira peut-être, dit Mick. On t'emmènera, si tu veux. Mais toi, Claude, tu tiendras compagnie à Annie.

— Quoi ? s'écrie l'adolescente avec colère.

Je voudrais bien voir ça ! Comme si j'allais accepter de rester à l'écart ! Je n'ai jamais eu peur de quoi que ce soit ! Je suis aussi courageuse que vous. De toute façon, personne n'a d'ordres à me donner !

— Tu pourras venir quand on aura découvert le fond de cette histoire, affirme François.

— Certainement pas ! Je vous accompagnerai quand vous irez, riposte Claude, furieuse. Vous n'oserez pas partir sans moi, j'espère ! Si vous essayez de m'écarter, tout est fini entre nous !

Sébastien est surpris par cette soudaine dispute.

— Je ne vois pas pourquoi Claude ne viendrait pas avec nous, intervient-il. Je l'ai prise pour un garçon la première fois que je l'ai vue.

La jeune fille lui adresse son plus charmant sourire. Ce compliment lui va droit au cœur. Mais François reste inflexible.

— Annie ne voudra pas venir et je ne veux pas qu'elle reste seule ; elle aurait peut-être peur.

— Elle n'aura qu'à se réfugier auprès de M. Clément, grogne sa cousine qui se remet à bouder.

— Que tu es bête ! réplique Mick. Comme si on allait raconter à M. Clément qu'on va explorer une gare abandonnée, gardée par un vieux fou qui parle de trains fantômes ! Il nous empêcherait d'y aller ! Ou alors, il viendrait avec nous et ce serait encore plus ennuyeux. Il s'arrêterait toutes les deux minutes pour observer des papillons !

— Il faut que je retourne à la maison, déclare Sébastien, qui n'a pas envie d'assister à la suite de la dispute. J'ai passé une super journée. À demain pour le pique-nique. Salut !

Les quatre enfants disent au revoir à leur nouvel ami et continuent leur route. Ils retrouvent enfin le camp et les deux tentes caressées par un vent léger. Annie constate, à son grand soulagement, que rien n'a été volé. Il fait chaud et elle décide de mettre les provisions à l'abri d'un grand buisson de genêts.

Pendant qu'elle range soigneusement tous les paquets confectionnés par Mme André, les garçons descendent voir M. Clément, mais le professeur n'est pas encore rentré.

— Annie, Claude ! On va se baigner dans le ruisseau, crient-ils. On a chaud. Vous venez ?

— On arrive, répond la benjamine du Club des Cinq.

Bientôt des rires et des éclats de voix se font entendre : l'eau est très froide, mais les quatre campeurs jouent à se poursuivre et à s'arroser.

Dagobert, lui, s'ébroue gaiement dans le ruisseau.

— Regardez-le, s'exclame Mick. Dago, j'aimerais avoir un manteau de fourrure comme le tien ; je ne sentirais pas que l'eau est glacée !

— Ouah, admet le chien.

Et Dago remonte sur la berge, se secoue violemment et les asperge tous les quatre. Ils poussent des cris et le chassent. Puis ils regagnent le camp et passent une agréable soirée à paresser près des tentes. M. Clément ne se montre pas. Pour lcur dîner, les quatre jeunes campeurs se régalent de fromage à la crème et de pain d'épice ; après les repas pantagruéliques de la ferme, cela suffit amplement ! Quand ils ont fini de manger, ils s'allongent sur la bruyère et discutent calmement.

— Voilà le genre de vacances qui me plaît ! déclare Mick.

— Moi aussi, approuve sa sœur. Tout est parfait... sauf l'affaire des trains fantômes.

— Ne sois pas bête, Annie ! s'écrie Claude, exaspérée. Si les trains fantômes n'existent pas, c'est une histoire stupide ; s'ils existent, eh bien, c'est peut-être le début d'une aventure !

Il y a un petit silence.

— Alors ? Est-ce qu'on redescendra à la

vieille gare ? demande François nonchalamment.

— Oui ! décide Mick. On ne va pas se laisser intimider par les avertissements de M. André.

— Je suis bien d'accord ! acquiesce son frère. On ira là-bas, et on verra bien s'il y a des trains fantômes ou non !

— Et moi, je viendrai aussi, affirme Claude.

— Non, répond François avec fermeté. Tu resteras avec Annie.

La jeune fille ne répond pas. Mais son expression ne présage rien de bon.

— Est-ce qu'il faut qu'on informe M. Clément de nos projets ? questionne Mick.

— Mais non, pas la peine ! assure son frère, qui se met à bâiller. D'ailleurs, je me demande où est le professeur.

— Vous pensez qu'il faut qu'on l'attende pour lui servir à dîner ? interroge sa sœur.

— Non, on risquerait de rester debout jusqu'à minuit ! rétorque l'aîné du groupe. Il a des provisions dans sa tente ; il ne mourra pas de faim. Je vais me coucher. Tu viens, Mick ?

— Bonne nuit, les filles ! lancent-ils tous les deux avant d'aller se blottir dans leurs sacs de couchage.

Les filles restent un moment allongées dans

la bruyère à écouter les cris des courlis, puis elles se retirent dans leur tente. Mais François et Mick, au lieu de dormir, se mettent à parler à voix basse du sujet qui les préoccupe.

— Est-ce qu'il vaut mieux aller à la gare en plein jour avec Sébastien ou bien le soir pour guetter les trains fantômes ? demande François.

— Allons-y la nuit, conseille Mick. On ne verra pas de trains fantômes en pleine journée. Tout ce qui nous arrivera, si on s'y rend avant le coucher du soleil, c'est que le vieux Tom Pied de Bois nous jettera des cailloux à la tête !

— Bon. Si Sébastien veut absolument y aller le matin, on l'accompagnera. Au pire, on pourra toujours y retourner la nuit tous les deux.

Ils parlent encore un moment, puis le sommeil les gagne. Mick commence à s'assoupir, quand il entend un bruissement dans la bruyère. Une ombre s'approche de la tente et semble se dresser devant l'ouverture...

— Si tu oses entrer, ça va barder ! s'écrie le garçon, persuadé que Dagobert lui rend visite. File tout de suite ! Va voir Claude ! Allez, ouste !

Soudain Mick se fige. L'ombre, au lieu de s'éloigner, s'avance pour entrer dans la tente ! Le jeune campeur se redresse d'un bond.

— Si tu mets une seule patte à l'intérieur de

la tente, je t'envoie un coup de pied ! prévient-il. Je t'aime beaucoup en plein jour, mais pas du tout la nuit quand je suis dans un sac de couchage !

Tout à coup, une voix s'élève dans la nuit :

— Vous ne dormez pas ? Tout va bien ? Les petites aussi ? Je viens seulement de rentrer au campement !

— Oh ! C'est M. Clément ! s'écrie Mick. Excusez-moi, monsieur, je croyais que c'était Dagobert qui venait se jeter sur moi comme il le fait souvent. Je suis désolé de vous avoir parlé comme je l'ai fait...

— Ce n'est rien, répond le professeur en riant. Je vois que vous êtes tous en bonne santé, et c'est l'essentiel ! À demain !

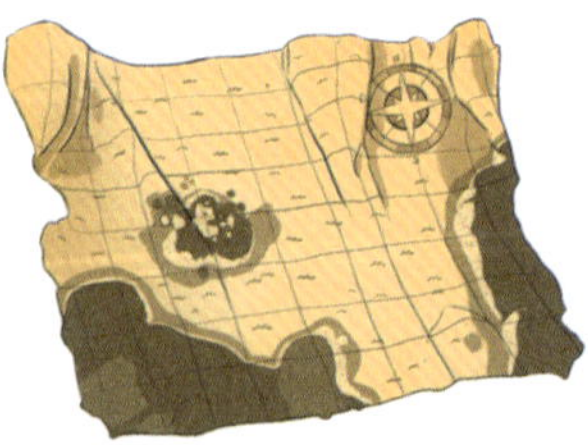

CHAPITRE 9

Un visiteur nocturne

M. Clément fait la grasse matinée le lendemain et personne ne le dérange. Les filles rient beaucoup en apprenant la façon dont Mick l'a accueilli la veille, alors qu'il croyait recevoir la visite de Dagobert.

— Il a été très sympa, conclut le jeune garçon. Je crois même qu'il a trouvé le malentendu amusant. J'espère qu'il n'aura pas changé d'avis pendant la nuit.

Les enfants sont en train de prendre leur petit déjeuner, très consistant ainsi que l'ont recommandé leurs parents. Le repas comprend du chocolat chaud, des tartines de beurre, mais aussi toutes les bonnes choses que Mme André leur a données la veille. Dagobert mendie des bouchées de tous les côtés et se demande si

Claude lui fera goûter au fromage à la crème qu'elle étale sur son pain.

— Je ne sais pas quand Sébastien viendra, dit cette dernière, mais s'il arrive tôt, on pourra faire une bonne promenade sur le plateau et pique-niquer quelque part. Il doit connaître des coins intéressants.

— Oui, il pourra nous servir de guide ! s'enthousiasme François. Il nous montrera le plus joli site des environs. Oh ! Dagobert ! Tu m'as pris ma tartine de fromage, méchant !

— Ça t'étonne ? Alors, pourquoi tu l'agitais sous son nez ? interroge Claude. Il a cru que tu la lui offrais.

— Eh bien, il n'en aura plus, déclare son cousin. Ce sera sa punition.

— J'espère que Sébastien apportera de nouvelles provisions. Regardez, on a déjà mangé presque toute la nourriture qu'on a rapportée hier de la ferme ! constate Mick. Vous avez vu l'immense réfrigérateur de Mme André ? Il est plein à craquer. Ce n'est pas étonnant que Sébastien soit grassouillet !

— Tu exagères ; il n'est pas si gros que ça, tempère Annie. Eh ! c'est lui qui siffle ?

Non, ce n'est pas le fils de la fermière, mais un courlis qui passe au-dessus de leurs têtes.

— En attendant, allons voir si M. Clément est

réveillé et demandons-lui s'il veut une tranche de jambon et du fromage, suggère François.

Les garçons descendent vers le professeur, qui, assis en tailleur, déjeune de bon appétit sur le pas de sa tente. Il brandit la tartine qu'il tient à la main.

— Je suis en retard ce matin. Hier, je suis allé très loin et je suis rentré extrêmement tard. D'ailleurs, je suis désolé de vous avoir réveillés !

— Non, non, on ne dormait pas, le rassure Mick qui devient rouge de confusion. J'espère que vous avez passé une bonne journée, monsieur Clément ?

— Un peu décevante. Je n'ai pas trouvé tous les insectes que j'aurais voulu, répond le professeur. Et vous, vous vous êtes bien amusés ?

— Beaucoup ! affirme François, et il décrit leur journée à la ferme.

M. Clément paraît intéressé. Il écoute avec attention lorsque le jeune garçon relate les avertissements énoncés par M. André à propos de la gare.

— Il a l'air complètement idiot, cet homme ! déclare le professeur en faisant tomber les miettes accrochées à sa chemise. Enfin, tout de même, à votre place, je me tiendrais loin de cette gare.

— Vous, monsieur, vous croyez à cette histoire de trains fantômes ? demande Mick.

— Oh ! non, je ne pense pas qu'il y ait le moindre train dans ce genre de gare désaffectée, sourit M. Clément. Mais, quand un endroit est abandonné depuis de nombreuses années, il peut devenir dangereux. Il vaut mieux ne pas le fréquenter.

— Vous avez raison ! se hâtent de répondre les deux frères.

Puis ils abordent un autre sujet. Ce serait ennuyeux si M. Clément, comme M. André, leur interdisait de retourner là-bas : cette mystérieuse gare les intrigue désormais tellement qu'ils sont fermement décidés à percer le mystère qui l'entoure.

— Allons retrouver les filles, propose Mick au professeur. On attend l'arrivée de Sébastien, c'est le garçon de la ferme. Il doit passer la journée avec nous, et on fera une grande promenade ; on a prévu de pique-niquer. Vous partez aussi, monsieur ?

— Pas aujourd'hui, déclare M. Clément. Mes jambes sont courbatues. Et il faut que je m'occupe des insectes que j'ai rapportés. Mais j'aimerais bien faire la connaissance de votre ami. Sébastien, c'est ça ?

— Oui, monsieur, répond François. On vous

le présentera dès qu'il arrivera. Puis on partira et vous aurez la paix toute la journée !

Mais Sébastien ne vient pas. Les enfants l'attendent en vain toute la matinée. Ils retardent le déjeuner jusqu'au moment où ils ont l'estomac dans les talons. Ils mangent sur la bruyère, devant les tentes.

— C'est bizarre, fait observer Claude. Il sait pourtant très bien où se trouve notre camp ; on le lui a montré de loin hier quand il nous a accompagnés à mi-chemin. Il viendra peut-être cet après-midi...

Mais l'après-midi s'écoule et Sébastien ne paraît pas. Après le goûter, les enfants ont envie d'aller à la ferme pour comprendre ce qui se passe, mais ils se ravisent. Mme André n'a sûrement pas envie d'accueillir chez elle les mêmes personnes deux jours de suite.

Les campeurs ne s'amusent pas beaucoup ce jour-là. Ils n'osent pas s'éloigner des tentes au cas où leur ami arriverait. M. Clément est occupé avec ses insectes et déplore aussi l'absence du jeune invité.

— Il viendra certainement demain, dit-il. Vous avez assez à manger ? J'ai quelques boîtes de conserve, si vous voulez.

— Oh ! non, merci, monsieur, répond François. Il nous reste encore quelques provisions.

On va jouer aux cartes. Vous voulez vous joindre à nous ?

— Oui, volontiers ! Savez-vous jouer à la belote ?

Les enfants connaissent ce jeu. Ils battent à plate couture le pauvre M. Clément qui est un joueur très maladroit. Le professeur perd avec le sourire et s'amuse tout de même. Mais il rejette la responsabilité de sa défaite sur Dagobert qui lui a brouillé les idées en restant derrière lui et en lui soufflant dans le cou.

— Votre chien imagine sans doute qu'il sait mieux jouer que moi, se plaint-il. Chaque fois que j'abats une carte, il pousse un soupir de désapprobation !

Tout le monde se met à rire et Claude pense tout bas que Dago jouerait probablement mieux que M. Clément s'il pouvait tenir les cartes entre ses pattes.

À la nuit tombée, les enfants arrêtent le jeu et M. Clément annonce qu'il va se coucher :

— Je suis rentré très tard hier soir. J'ai sommeil.

Ses jeunes compagnons décident de l'imiter. Ils pensent toujours avec plaisir aux sacs douillets qui les attendent dans leurs tentes. Les filles s'installent confortablement, et Dagobert se pelotonne aux pieds de Claude. Dès qu'il est allongé, Mick bâille bruyamment et ferme les yeux sans avoir eu le temps de dire bonsoir à son frère. François ne tarde pas à suivre son exemple.

Tous dorment profondément lorsque Dagobert dresse les oreilles. Il pousse un grondement si faible que personne ne l'entend. Il lève la tête et écoute attentivement. Il gronde de nouveau et reprend son attitude de gardien vigilant. Enfin il se dresse silencieusement sur ses pattes, se secoue et, sans réveiller sa maîtresse, sort de la tente. Un léger bruit l'a alerté. Il ne perçoit rien de vraiment anormal, mais il veut s'assurer que ses jeunes maîtres sont bien en sécurité.

Mick est réveillé en sursaut par un frôlement contre la tente. Il s'assied et attend. Une ombre se profile dans l'ouverture. Est-ce Dagobert ou M. Clément ? Soucieux de ne pas répéter l'erreur de la veille, le jeune garçon garde le silence. L'ombre reste immobile et ne parle pas. Mick commence à avoir peur.

— Dago ? demande-t-il enfin à voix basse.

Alors l'ombre prend la parole :

— Mick ? François ? C'est moi, Sébastien ! Votre chien est avec moi. Je peux entrer ?

— Sébastien ! Pas possible ! Pourquoi tu

arrives aussi tard ? On t'a attendu toute la journée !

— Oui, je sais, je regrette beaucoup, reconnaît le fils de la fermière, et il se faufile dans la tente.

Mick secoue son frère par les épaules.

— François, Sébastien est là... et Dagobert aussi ! Seb, assieds-toi sur mon duvet. Et explique-nous pourquoi tu viens nous voir en pleine nuit.

— Je suis désolé de vous avoir fait attendre pour rien, répète le jeune garçon quand il est installé, mais mon beau-père m'a annoncé brusquement que je l'accompagnerais pendant toute la journée ; je ne sais pas pourquoi... D'habitude, il ne s'occupe jamais de moi.

— Ce n'est vraiment pas sympa de sa part puisqu'il savait que tu devais venir pique-niquer avec nous, fait remarquer François. Il t'a emmené faire quelque chose d'important ?

— Absolument pas. Il m'a emmené en voiture à la ville, c'est à quarante kilomètres d'ici. Puis il m'a laissé à la bibliothèque en promettant de revenir me chercher quelques minutes plus tard. Mais il m'a laissé là pendant des heures. Heureusement, j'avais mon goûter, mais je me suis beaucoup ennuyé et j'étais furieux.

— Tant pis ! Tu viendras te promener avec nous demain, le console Mick.

— Eh non ! je ne pourrai pas, s'écrie Sébastien au comble du désespoir. Il m'a annoncé que le fils d'un de ses amis venait me rendre visite ; un garçon qui s'appelle Antoine Couard. Il faut que je passe la journée avec lui. Maman est très contente : elle trouve que mon beau-père ne s'occupe pas assez de moi.

— Oh ! mince alors, tu ne pourras pas venir demain non plus, s'exclame François. Et après-demain ?

— Je voudrais bien, mais je parie que ce cher Antoine me collera comme une sangsue. Il faudra que je lui montre les vaches et les chiens. Zut ! Je préférerais largement être avec vous quatre et Dagobert !

— Quelle plaie ! se désole Mick.

— Je voulais absolument vous avertir, reprend Sébastien. Et je n'ai pas pu venir plus tôt. À propos, je vous ai apporté des provisions. J'ai pensé que vous en auriez besoin. J'ai eu le cafard en pensant aux trains fantômes... Et maintenant qui sait quand on pourra aller ensemble à la gare ?

— Eh bien, si tu ne peux pas venir nous voir en journée, on pourrait y descendre de nuit, propose François. Pourquoi pas demain soir, à peu près à cette heure-ci ? On ne dira rien aux filles ; on filera tous les trois.

Dans sa joie, Sébastien ne trouve pas un mot à dire et se contente de pousser un petit cri. Mick se met à rire.

— Ne te fais pas trop d'illusions. On ne verra sans doute absolument rien. Apporte une lampe électrique, si tu en as une. Tu viendras dans notre tente. On se réveillera tout de suite. Et pas un mot à qui que ce soit !

— Promis ! jure Sébastien, transporté d'excitation. Bon, maintenant il faut que je me sauve. C'est assez effrayant de traverser le plateau en pleine nuit. J'ai laissé vos provisions devant la tente. Faites attention que Dagobert ne les dévore pas !

— Merci beaucoup, dit François.

Le fils de la fermière sort de la tente avec Dagobert. Il s'empare du sac plein de nourriture et le lance à François qui le met en lieu sûr.

— Bonne nuit, dit Sébastien à voix basse, et les deux frères l'entendent s'éloigner. Le chien trotte à côté de lui, heureux de cette petite promenade nocturne. Et le jeune garçon, qui n'est pas très rassuré, se réjouit de ne pas être seul.

Dagobert l'accompagne jusqu'à la ferme, puis retourne au campement, partagé entre le désir de s'offrir une petite chasse au lapin et celui de retrouver sa chère Claude.

Le matin, Annie est tout étonnée de découvrir les provisions sous le buisson de genêts qui lui sert de garde-manger. François les a mises là pour faire une surprise.

— Ça alors ! s'écrie la fillette. Un pâté à la viande, des tomates, des œufs ! D'où sortent tous ces bons produits ?

— Un train fantôme l'a apporté cette nuit, explique Mick en riant.

— Un volcan l'a rejeté dans les airs, ajoute M. Clément qui assiste à cette petite scène.

Annie jette un torchon à la tête de son frère.

— Dis-moi la vérité, exige-t-elle. Qui a mis ça là ? Claude, tu sais, toi ?

Sa cousine l'ignore. Elle observe le visage souriant des deux garçons.

— Je parie que Sébastien est venu hier soir, marmonne-t-elle. C'est ça, hein ?

Et elle pense tout bas :

« Oui, et il a sans doute comploté une escapade avec François et Mick. Mais si vous croyez me jouer un bon tour, les garçons, vous vous trompez. Je resterai sur mes gardes et je vous accompagnerai à la chasse aux trains fantômes ! »

CHAPITRE 10

À la recherche d'un train fantôme

La journée passe agréablement. M. Clément conduit les enfants et Dagobert auprès d'un étang qui se trouve à l'extrémité du plateau. On l'appelle l'étang Vert à cause de sa couleur. Celle-ci est due, explique le professeur, à des substances chimiques dissoutes dans l'eau.

— J'espère qu'on ne sortira pas de là verts de la tête aux pieds, déclare Mick en enfilant son maillot. Qui vient se baigner ?

Les enfants croyaient que M. Clément ne ferait qu'une petite trempette sans s'éloigner du rivage ; mais, à leur grande surprise, il nage comme un poisson et bat François à la course.

Ils s'amusent beaucoup et, quand ils sont fatigués de leurs ébats, ils sortent de l'eau pour se chauffer au soleil. La route qui longe l'étang est à peu près déserte.

Soudain un camion reluisant fait son apparition, suivi de près par une grosse voiture noire.

— Regardez ! s'exclame Annie. C'est M. André qui est au volant de sa décapotable toute neuve !

Un jeune garçon est assis à côté du conducteur et, à la grande surprise des baigneurs, il leur adresse des signes frénétiques.

— C'est Sébastien ! s'écrie Claude.

M. André ne jette pas un regard aux enfants.

— Ils vont sûrement au marché, suppose Mick en se recouchant sur l'herbe. Je me demande ce qu'ils transportent.

— Moi aussi, intervient M. Clément. Et il faut que ce M. André vende ses céréales et ses légumes à un prix très élevé pour avoir de quoi acheter une aussi belle voiture et toutes les machines agricoles que vous m'avez décrites... Si on plongeait encore une fois avant le déjeuner ?

Les heures passent vite. Le professeur est tellement gai et amusant que les enfants oublient son âge et ses fonctions ! Il plaisante sans cesse, mais d'un air toujours solennel. On pourrait croire qu'il parle sérieusement, si son oreille droite ne frétillait comme si elle se tordait de rire.

Tout le monde retourne au campement vers

quatre heures et demie. Les enfants se hâtent de préparer un excellent goûter qu'ils dégustent devant la tente de M. Clément.

Tandis que la soirée s'écoule, François et Mick ont du mal à réprimer leur impatience. En plein jour, l'idée de trains fantômes leur paraît ridicule, mais, lorsque le soleil décline et que de longues ombres revêtent le flanc des montagnes, ils ont un petit frisson en songeant à ce qui les attend.

La nuit est d'abord très obscure à cause des nuages qui cachent les étoiles. Les garçons disent bonsoir aux fillettes et se glissent dans leurs sacs de couchage ; à travers l'ouverture de la tente, ils surveillent le ciel.

Peu à peu les nuages épais se dispersent, et des centaines d'étoiles brillent au firmament.

— Cette lueur devrait nous aider à y voir un peu, chuchote François. Tant mieux. Je ne tiens pas à trébucher dans un terrier de lapin et à me casser la cheville ! Et mieux vaut se servir le moins possible de lampes de poche en allant à la gare. Inutile d'attirer l'attention sur nous !

— Ce sera palpitant, chuchote Mick. J'espère que Seb va venir.

Mais ils sont bientôt rassurés. Un pas léger se fait entendre et une ombre obscurcit l'ouverture de la tente. François allume sa torche électrique, et le faisceau éclaire le visage rayonnant de Sébastien.

— Salut ! chuchote Mick. Tu as pu venir, c'est super ! Dis donc, c'est toi qui étais dans la décapotable ce matin quand on se reposait près de l'étang Vert ?

— Oui, vous m'avez reconnu ? Je vous ai fait signe. J'aurais voulu arrêter la voiture pour vous parler, mais mon beau-père était d'une humeur massacrante, et il a refusé.

— Vous alliez au marché ? demande François.

— Je suppose que le camion y allait, répond Sébastien. Moi, je suis resté dans la décapotable. Le camion devait rentrer plus tard.

— Et Antoine Couard ? demande Mick.

— Terrible ! Il porte bien son nom, gémit Sébastien. Il n'a pas voulu sortir de la maison de toute la journée... Il dit qu'il a peur des animaux de la ferme ! Et malheureusement, il doit revenir demain. Qu'est-ce que je vais faire de lui ?

— Enferme-le dans le hangar avec Diane, suggère Mick. Il s'habituera au contact des chiots !

Sébastien se met à rire.

— Si je pouvais ! Mais maman est très contente ; elle dit que mon beau-père est très gentil de m'avoir trouvé un camarade. Ne parlons plus de lui. On y va ?

— Oui, répond François, et il sort sans bruit de son sac de couchage. Il ne faut rien dire aux filles. Annie n'accepterait pas de venir et il ne faut pas qu'elle reste seule. Faisons attention de ne pas les réveiller.

Mick se lève aussi. Les garçons ne se sont pas déshabillés et ils n'ont qu'à enfiler leurs pulls.

— Par où on passe ? chuchote Sébastien.

François lui prend le bras et le guide. Il espère qu'il ne perdra pas son chemin dans l'obscurité ; la nuit, c'est assez difficile de se repérer sur le plateau.

— Allons vers cette colline qu'on aperçoit vaguement là-bas et on sera dans la bonne direction, déclare Mick.

Le sommet qui s'élève à l'ouest leur sert donc de point de repère. La gare semble beaucoup plus loin la nuit que le jour. Les trois garçons se heurtent souvent aux buissons de genêts et aux bruyères et ont peine à garder l'équilibre.

Enfin, à leur grande satisfaction, ils trouvent un sentier.

— C'est à peu près à cet endroit qu'on a rencontré le berger, rappelle Mick qui continue de parler à voix basse. On approche !

Ils continuent à marcher sans bruit. Soudain François saisit le bras de son frère.

— Regarde, dit-il... là-bas. Je crois que c'est la gare ! Tu vois ces reflets brillants, ce sont les rails.

Ils restent immobiles sur la pente et s'efforcent de percer les ténèbres. Bientôt ils distinguent des formes vagues. Oui, c'est bien la gare. Sébastien étreint le bras de François.

— Tiens ! il y a de la lumière, tu vois ?

Les garçons suivent la direction de son doigt ; en effet, ils aperçoivent une clarté jaune et vacillante.

— Oh ! je sais ce que c'est, s'écrie Mick. Cette lueur vient de la cabane du gardien. La bougie du vieux Tom Pied de Bois !

— Oui, tu as raison, acquiesce son frère. Voici ce qu'il faut faire : on va descendre là-bas et s'approcher de la cabane. On jettera un coup d'œil à l'intérieur pour voir si Thomas y est, puis on se cachera quelque part et on attendra les trains fantômes.

Ils descendent la pente. À présent, leurs yeux sont accoutumés à l'obscurité et ils se dirigent sans difficulté. Quand ils arrivent à la gare, leurs pas résonnent sur les cailloux et ils s'arrêtent.

— Le vieux Tom nous entendra si on fait tant de boucan, chuchote François.

Ils hésitent un instant, puis ils trouvent la solution.

— Marchons sur le talus, suggère Sébastien. L'herbe amortira le son de nos pas.

En effet, l'herbe forme un épais tapis, et ils peuvent avancer en silence vers la lumière qui brille dans la cabane du gardien. Pour atteindre la fenêtre étroite, les trois garçons doivent se dresser sur la pointe des pieds ; ils scrutent l'intérieur. Le vieillard est là ; assis dans un fauteuil, il fume sa pipe et lit avec difficulté un journal qu'il tient tout près de ses yeux. Évidemment ses lunettes ne sont pas encore réparées. Sur une chaise, près de lui, il a posé son pilon.

— Il ne doit pas attendre de train fantôme, cette nuit, sans cela il n'aurait pas enlevé sa jambe de bois, chuchote Mick.

La bougie vacille et répand dans la petite pièce une faible clarté. Le logis est à peine meublé. Un verre grossier et une bouteille de vin rouge trônent sur la table. Au-dessus d'une gazinière rouillée se balance une vieille casserole accrochée au mur.

L'homme pose son journal, se frotte les yeux et grommelle quelques mots. Les garçons n'entendent pas ce qu'il dit, mais ils supposent qu'il s'agit des lunettes cassées.

— Est-ce qu'il y a beaucoup de voies dans cette gare ? chuchote Sébastien qui en a assez de regarder le vieillard. Elles se dirigent de quel côté ?

— À environ huit cents mètres d'ici, il y a un tunnel, explique François. Les rails sortent de ce tunnel et aboutissent à la gare.

— Allons-y, propose le fils de Mme André. Il n'y a rien d'intéressant ici.

— Bon, acquiesce François. Mais je ne crois pas qu'on verra grand-chose là-bas non plus ; à mon avis, les trains fantômes n'existent que dans l'imagination de Thomas.

Ils retournent à la gare, puis suivent la voie unique qui se dirige vers le souterrain. Lorsqu'ils sont suffisamment loin de la cabane pour ne pas être entendus par le gardien, ils marchent sur des cailloux. Pourtant, ils continuent à parler à voix basse.

Soudain le conte fantastique se transforme en réalité... Un grondement sourd, lointain et assourdi, leur parvient depuis les profondeurs du tunnel. Mick entend le premier ce son extraordinaire.

Il s'arrête et saisit le bras de son frère.

— Écoute ! souffle-t-il.

Ses compagnons prêtent l'oreille.

— Oui, répond François d'un ton peu inquiet. Ce doit encore être le bruit du vent qui balaie le souterrain abandonné...

— Non, non, c'est un train qui arrive vers nous ! affirme Sébastien.

Le grondement devient de plus en plus fort, accompagné d'un cliquetis métallique. Les garçons écarquillent les yeux et scrutent l'ouverture noire de la galerie. Puis ils s'écartent des rails et attendent en retenant leur souffle.

Le tunnel reste obscur... Pourtant le vacarme se rapproche. Les trois explorateurs tressaillent. Est-ce le bruit d'un convoi invisible conduit par des fantômes ? Le cœur de François bat à se rompre. Mick et Sébastien se tiennent par la main sans s'en apercevoir.

Le grondement s'amplifie encore. Soudain, du tunnel jaillit une longue ombre noire précédée d'une inquiétante lueur. Les trois compagnons croient reconnaître les contours d'une vieille locomotive à vapeur, noire et massive, surmontée d'une solide cheminée, comme celles que l'on peut voir dans les vieux films. Au même moment, un bruit de tonnerre assourdissant écorche les tympans des garçons, puis diminue. Le sol tremble un moment, puis c'est le silence.

— Eh bien, voilà, murmure François d'une voix faible. On a vu le train fantôme... Où est-il passé ? Vous croyez qu'il s'est arrêté à la gare ?

— Allons-y, décide son frère. Je n'ai aperçu personne dans la locomotive, près de la chaudière... mais quelqu'un conduisait forcément ! Qu'est-ce que j'ai eu peur ! Et quel boucan !

— Filons à la gare, presse Sébastien qui semble le moins effrayé des trois.

Ils retournent lentement sur leurs pas. Soudain Mick pousse un cri.

— Aïe ! Zut ! Je me suis tordu la cheville. Attendez une minute.

Incapable de se tenir debout, il s'assied par terre. Heureusement, c'est une simple entorse, mais la douleur est vive. Le jeune garçon ne peut s'empêcher de gémir ; les autres n'osent pas le quitter. François s'agenouille près de lui et offre de le masser. Mick souffre trop pour accepter. Sébastien reste debout, dévoré d'anxiété.

Après vingt minutes de repos, le blessé parvient à se remettre debout. Avec l'aide de ses compagnons, il fait quelques pas hésitants.

— Ça va mieux, je peux marcher. Allons voir ce qui se passe à la gare.

Mais ils ont à peine parcouru cinq ou six mètres qu'un halètement sourd, accompagné de

chocs métalliques, frappe leurs oreilles. Teuf... teuf... teuf... clic... clac... clic... clac...

— Le train ! Il revient ! s'écrie François. Ne bougez pas ; regardez bien.

Les trois aventuriers restent cloués sur place. Le bruit devint plus proche et jusqu'à produire un incroyable vacarme. Les garçons aperçoivent une nouvelle fois la lourde traction et le reflet du foyer dans la locomotive, puis le train disparaît sous le tunnel en éveillant de vagues échos et en crachant un épais nuage de fumée.

— Plus de doute, on a vu un train fantôme ! s'écrie François avec un rire qui sonne faux. Mais qui sait d'où il sort et où il va ? J'en ai la chair de poule...

CHAPITRE 11

Mésaventures de Sébastien

Pour se rassurer, les trois garçons se serrent les uns contre les autres dans les ténèbres. Ils ont découvert ce qu'ils sont venus chercher et peuvent à peine le croire. Quel est donc ce train qui est sorti si mystérieusement du tunnel pour y retourner après un arrêt dans la gare ?

— Si je ne m'étais pas tordu la cheville, on aurait pu suivre le train jusqu'à la gare... se désole Mick. On dirait que j'ai tout gâché au moment le plus palpitant !

— Ce n'est pas de ta faute, le console Sébastien. L'important, c'est qu'on ait réussi à voir le train fantôme. J'ai l'impression de rêver. Est-ce que vous pensez qu'il n'y a vraiment personne pour le conduire ? Et d'ailleurs, vous êtes sûrs que c'est un vrai train ?

— Oui, répond François. Rappelle-toi le bruit qu'il faisait ! Et la fumée qu'il crachait. Aucun doute, ce convoi était bien réel !

— Allons voir ce qui est arrivé au vieux Tom Pied de Bois, suggère son frère. Je parie qu'il est caché sous son lit !

Les trois garçons se mettent en route. Mick boite un peu, mais sa douleur à la cheville s'est nettement calmée. Quand ils arrivent à la gare, ils regardent du côté de la cabane. La lumière a disparu.

— Et voilà ! Il a éteint sa bougie et s'est caché sous son lit, dit Mick. Pauvre vieux ! Il y a de quoi le rendre complètement fou. Regardons ce qu'il fait.

Ils s'approchent de la cabane et essaient de voir à l'intérieur. Mais l'obscurité règne dans la petite pièce. Soudain une minuscule clarté brille près du plancher.

— Thomas frotte une allumette, chuchote François. Et le voilà qui sort la tête de sa cachette. Il a l'air affolé. Tapons à la vitre et demandons-lui s'il n'a besoin de rien.

Il joint le geste à la parole, mais regrette aussitôt son initiative, car le vieillard pousse un cri de frayeur et se réfugie de nouveau sous son lit. L'allumette s'éteint.

— Oh... Il veut m'enlever... gémit le vieillard. Et moi qui ai retiré ma jambe de bois !

— On lui fait peur, comprend Mick. Venez, laissons-le. Il fera une crise cardiaque si on l'appelle. Il croit que le train fantôme vient le chercher.

Les jeunes explorateurs errent un moment dans la gare sans rien repérer d'intéressant. Le silence est complet. Le train fantôme ne paraîtra sans doute plus de la nuit.

— Retournons au camp, décide enfin François. Quelle aventure ! J'ai cru que mon cœur allait s'arrêter de battre quand le train est sorti du tunnel. Je me demande bien d'où il venait, et pourquoi il circule ainsi en pleine nuit...

Les garçons renoncent à résoudre l'énigme et reprennent le chemin du camp. Ils montent sur le plateau au milieu des bruyères en s'aidant des pieds et des mains, plus surexcités que fatigués.

— Est-ce qu'il faut dire aux filles qu'on a vu le train ? demande Sébastien.

— Bien sûr que non, réplique Mick. Annie aurait une peur bleue et Claude serait furieuse en apprenant qu'on est sortis sans elle. Attendons d'en savoir plus avant de leur en parler. Et pas un mot non plus à M. Clément !

— D'accord, convient François ; tu tiendras ta langue aussi, hein, Seb ?

— Bien sûr, promet le jeune garçon d'un ton de dédain. Comme si j'allais raconter à mon beau-père notre sortie de ce soir ! Il serait très en colère s'il savait que, malgré ses avertissements, on est descendus là-bas pour voir le train fantôme !

Soudain, il sent contre sa jambe un contact chaud et humide. Il pousse un cri.

— Qu'est-ce que c'est que ça ?

C'est Dagobert qui est venu à la rencontre des trois garçons ; il leur donne à chacun un coup de langue accompagné de petits jappements.

Mick rit et traduit :

— Il demande : « Pourquoi ne m'avez-vous pas emmené avec vous ? » On regrette, Dago, mais c'était impossible. Claude nous aurait arraché les yeux si on t'avait embarqué sans l'avertir. Et je t'assure que le train fantôme t'aurait terrifié ! Je crois que tu te serais réfugié dans un terrier de lapin.

— Ouah ! commente avec mépris Dagobert l'intrépide qui n'a jamais eu peur de rien.

En approchant du camp, les trois aventuriers baissent la voix.

— Salut, Seb, viens demain si tu peux. J'espère que tu n'auras pas Antoine sur les bras.

— Salut, à bientôt ! chuchote Sébastien, et il disparaît dans les ténèbres, Dago sur les talons.

Il fait chaud dans la tente, et le chien a justement bien envie d'une promenade nocturne. Aux abords de la ferme, il s'immobilise et grogne tout bas. Le fils de la fermière lui pose la main sur la tête.

— Qu'est-ce qu'il y a mon vieux, tu crois qu'il y a des cambrioleurs ?

De grands nuages couvrent maintenant les étoiles, et il fait nuit noire. En arrivant au Grand Chêne, Sébastien aperçoit une vague lumière dans une grange. Il s'approche sur la pointe des pieds. Soudain il entend un bruit de pas, une porte qui se referme et une clef qui tourne dans une serrure.

Le garçon s'avance plus près encore... un peu trop près, car le mystérieux individu se retourne brusquement et brandit le poing. Sébastien reçoit un coup violent sur l'épaule et perd l'équilibre. Il serait tombé si son agresseur ne l'avait retenu. La clarté d'une lampe électrique aveugle le jeune fermier.

— Tiens, c'est toi ? dit une voix étonnée et impatiente. Qu'est-ce que tu fais là si tard ?

— Et vous, vous faites quoi ? riposte le jeune garçon en se dégageant de l'étreinte de son agresseur.

Il saisit sa lampe de poche et en promène le rayon sur la silhouette obscure qui se dresse devant lui. C'est Pierre, un des ouvriers de la ferme, celui qui conduisait le camion plus tôt dans la journée.

— Qu'est-ce que ça peut bien te faire ? crie l'homme avec colère. J'ai eu une panne et je rentre à l'instant. Tiens ! mais tu es tout habillé ? D'où tu viens à une heure pareille ? Tu t'es levé pour m'épier, hein ? Avoue-le !

— Pas du tout ! réplique hardiment Sébastien, sans donner plus d'explications.

— C'est ta chienne que je vois là ? demande l'employé en apercevant une forme sombre qui s'esquive. Tu as été te promener avec Diane ? Qu'est-ce que tu manigances ?

Le fils de la fermière se réjouit que Pierre n'ait pas reconnu Dagobert. Il s'éloigne sans un mot. Après tout, l'ouvrier pensera ce qu'il voudra. Mais tout de même, ce n'est pas de chance qu'il ait eu une panne et soit rentré si tard. Si M. André apprend que son beau-fils a été surpris tout habillé en pleine nuit, Sébastien aura bien du mal à donner une explication plausible.

Le jeune garçon regagne sa chambre en escaladant le poirier qui se dresse devant sa fenêtre. Il ouvre la porte doucement pour s'assurer que personne n'est éveillé dans la maison. Heureusement, tout est sombre et silencieux.

« Et puis tant pis ! pense-t-il. Si Pierre parle, je serai puni. »

Il se couche et réfléchit un moment aux étranges événements de la nuit. Puis il sombre dans un sommeil agité et, dans ses rêves, les trains fantômes, Tom Pied de Bois et Dagobert exécutent une danse étrange. Le matin venu, Sébastien est bien content de se réveiller. Sa mère le secoue.

— Lève-toi ! Tu ne vas quand même pas dormir jusqu'à midi. On a presque fini de déjeuner !

Mme André ne fait aucune allusion à l'escapade de son fils. Pierre n'a donc pas parlé de la rencontre nocturne. Le jeune garçon est soulagé et ne pense plus qu'à rejoindre ses amis. Il leur portera des provisions ; cela sera un excellent prétexte.

— Maman, tu peux me donner du pain, du beurre, des œufs pour les campeurs ? demande-t-il après le déjeuner. Je suis sûr qu'il ne leur rcstc plus rien.

— Tu ne peux pas aller là-bas, ton copain va venir, répond la fermière. Comment il s'appelle déjà ? Antoine Froussard, ou je ne sais quoi... Il a l'air très gentil. Tu t'es bien amusé avec lui hier, non ?

Sébastien voudrait bien expliquer à sa mère

combien Antoine est un compagnon ennuyeux, mais il entend son beau-père s'affairer dans la pièce voisine. Il se contente de hausser les épaules et de faire une grimace en espérant que Mme André comprendra sa déception. En effet, elle a pitié de lui.

— À quelle heure vient ton ami ? demande-t-elle. Tu as peut-être le temps de courir jusqu'au camp avec un panier de provisions ?

— Je ne tiens pas du tout à ce qu'il aille là-bas, intervient M. André qui vient d'entrer dans la chambre du jeune garçon. Antoine va arriver d'une minutc à l'autre et je connais Sébastien ; il se mettra à discuter avec ces gosses et oubliera de revenir. Le père d'Antoine est un de mes meilleurs amis, et je veux que son fils soit accueilli poliment.

Sébastien ne cache pas son mécontentement. Pourquoi son beau-père intervient-il ainsi ? D'abord, il a insisté pour l'emmener en ville, et à présent il l'oblige à recevoir Antoine. À croire qu'il fait tout pour empêcher son beau-fils de profiter de la compagnie de ses nouveaux camarades ! C'est exaspérant.

— Je pourrais peut-être aller porter les provisions moi-même. Ou bien les enfants viendront chercher ce qu'il leur faut, suggère sa mère pour le consoler.

Sébastien refuse de se dérider ; il sort dans la cour et siffle Diane. La chienne surveille ses petits qui parviennent tout juste à se promener sur leurs pattes tremblantes. Si au moins les campeurs viennent se ravitailler eux-mêmes ce jour-là, il pourra échanger quelques mots avec eux.

Antoine Couard arrive. Il est à peu près de l'âge de Sébastien, mais très petit pour ses douze ans. Ses cheveux bouclés lui donnent l'air d'une fille. Il porte une veste de flanelle grise bien trop élégante pour la campagne.

— Bonjour, crie-t-il à son hôte. À quoi on joue ? Aux cartes ?

Sébastien lève les yeux au ciel.

— Non, au Peau-Rouge ! répond-il, se rappelant qu'il a reçu pour Noël un déguisement d'Indien. On ne va quand même pas s'enfermer à la maison par un si beau soleil !

Il grimpe les escaliers quatre à quatre en direction de sa chambre, enfile le costume et enroule autour de sa tête un bandeau de plumes qui tombent dans son dos. Puis il prend sa boîte de peinture et, à toute vitesse, se barbouille le visage de rouge, de bleu et de vert. Armé de son tomahawk, il redescend. C'est décidé : il scalpera ce Visage Pâle qui vient l'ennuyer chez lui !

Antoine est assis, les jambes croisées, dans le salon. Soudain, il voit un Peau-Rouge terrifiant se précipiter sur lui en poussant un horrible cri de guerre et en brandissant une arme qui ressemble à une machette. Le jeune invité, pris de panique, se lève d'un bond et s'enfuit avec des hurlements de frayeur. Sébastien se lance à sa poursuite. Il rugit comme un lion et s'amuse comme un fou. Il a bien accepté de jouer au tarot la veille avec Antoine, il ne voit pas pourquoi ce dernier, maintenant, ne jouerait pas aux Indiens avec lui !

Au même instant, les quatre campeurs et leur chien arrivent à la ferme du Grand Chêne. Ils sont venus s'approvisionner pour la journée. Ils s'arrêtent net à la vue d'Antoine qui détale en hurlant, tandis qu'un étonnant Peau-Rouge bondit derrière lui.

Sébastien les aperçoit et se livre à une danse guerrière tout autour d'eux, fait semblant de couper la queue de Dagobert, puis se précipite derrière son malheureux convive qui disparaît dans la laiterie.

Les Cinq n'en peuvent plus de rire.

— Oh ! s'écrie Annie. Ce garçon qui va se faire scalper, c'est sûrement Antoine ! Et Seb, qui a joué aux cartes hier toute la journée, prend sa revanche !

Tous quatre s'approchent de la petite dépendance, et aperçoivent le jeune invité agrippé à la jupe de Mme André, qui tente vainement de le réconforter.

Sébastien rejoint ses amis.

— Salut, lance-t-il. Comme vous voyez, j'étais en train de m'amuser bien tranquillement avec Antoine... mais je suis si content de vous voir. J'aurais voulu aller à votre campement, mais mon beau-père me l'a défendu. Il faut que je tienne compagnie à ce froussard.

— C'est vrai qu'il n'a pas l'air très rigolo ! conviennent ses jeunes compagnons en riant. Tu crois que ta mère sera fâchée parce que tu as fais peur à Antoine ? On ferait peut-être mieux de filer sans rien demander aujourd'hui ?

— Mais non, ne vous en faites pas ! Même si maman me gronde, elle vous donnera des provisions, assure Sébastien en les conduisant vers une meule de foin. Bonjour, Dagobert. Tu es rentré sans problème, la nuit dernière ?

Le jeune fermier a complètement oublié que les filles ignorent les événements nocturnes de la veille. Annie et Claude dressent aussitôt l'oreille. François fronce les sourcils et Mick donne un coup de coude au gaffeur.

— Qu'est-ce que ça veut dire ? demande Claude, aussitôt sur le qui-vive. Qu'est-ce qui s'est passé la nuit dernière ?

— Oh ! rien... je... euh... je suis allé au camp

pour bavarder avec les garçons, et Dagobert m'a raccompagné, tente Sébastien d'un air dégagé. Tu lui permets bien ce genre de petite promenade, non ?

La jeune fille devient rouge de colère.

— Vous me cachez quelque chose ! reproche-t-elle aux garçons. Oh ! ça y est, je devine : vous êtes descendus à la gare hier soir ! C'est ça, hein ?

Il y a un silence gêné.

François foudroie du regard le pauvre Sébastien qui s'en veut terriblement.

— Avouez ! persiste Claude. Vous y êtes allés et vous ne m'avez pas réveillée ! Je vous déteste tous les trois !

— Vous avez vu quelque chose ? demande Annie en levant vers eux des yeux interrogateurs.

Les deux filles pressentent que les trois garçons ont vécu des aventures incroyables pendant qu'elles dormaient paisiblement sous leur tente.

— Eh bien... commence Mick, mais il est interrompu par l'arrivée d'Antoine qui s'approche, les yeux rouges, et se plante devant Sébastien ; son air indigné le rend encore plus ridicule.

— Ton beau-père veut te voir, annonce-t-il. Il faut que tu y ailles tout de suite. Tu es un imbécile et je veux retourner à la maison. J'espère que tu te feras gronder très fort et que tu seras puni !

CHAPITRE 12

La dispute

Sébastien adresse une grimace au jeune invité et s'éloigne lentement. Les Cinq tendent l'oreille, craignant d'entendre des cris, mais pas un son ne leur parvient.

— Il m'a fait terriblement peur, gémit Antoine en s'asseyant à côté des jeunes aventuriers.

— Pauvre bébé, ironise Mick.

— Tu as eu bobo ? renchérit Claude.

— Espèce de pleurnichard, ajoute François, avec le même ton de mépris.

Antoine les toise les uns après les autres et se lève.

— Si je n'étais pas aussi bien élevé, je vous donnerais une bonne gifle à chacun ! déclare-t-il, et il s'éloigne en courant, de peur de représailles.

Les quatre enfants restent assis sans parler. Ils sont désolés pour Sébastien. Claude, furieuse de n'avoir pas participé à l'aventure de la veille, rumine sa colère. Annie est inquiète.

Au bout d'une dizaine de minutes, la fermière paraît. Elle porte un grand panier plein de nourriture et semble chagrinée. Les jeunes campeurs se lèvent poliment.

— Bonjour, madame, dit François.

— Je regrette de ne pas pouvoir vous demander de rester aujourd'hui, annonce Mme André, mais Sébastien s'est très mal conduit. Mon mari exige qu'il soit enfermé dans sa chambre toute la journée. Vous ne pourrez pas le voir et j'en suis bien désolée. Voici des provisions. Cette histoire me rend un peu triste. Je ne comprends pas pourquoi Sébastien a été insupportable, lui qui est si doux d'habitude.

Antoine, qui s'est réfugié derrière un arbre, montre un visage hilare.

— Si vous voulez, nous emmènerons Antoine en promenade, proposent les enfants. On lui fera escalader des collines et sauter des cours d'eau. Il passera une excellente journée.

Le jeune convive prend un air soudainement paniqué et s'éclipse aussitôt.

— Vous êtes bien gentils, dit Mme André. Puisque Sébastien est dans sa chambre pour la journée, son copain n'aura personne avec qui jouer. Mais j'ai peur qu'il n'apprécie pas beaucoup les jeux un peu rudes. Il ne faudra pas le forcer. Antoine ! Antoine ! viens vite ici faire la connaissance de ces enfants charmants.

Mais le garçon a disparu. Ces « enfants charmants » ne lui disent rien qui vaille. Mme André se met à sa recherche, en vain. Les jeunes campeurs n'en sont pas tellement surpris. François, Mick et Annie rient sous cape. Claude leur tourne le dos.

La fermière revient essoufflée.

— Je n'arrive pas à le trouver, déclare-t-elle. Tant pis. Je jouerai avec lui moi-même quand il reviendra.

— Oui, vous pourriez lui donner des perles à enfiler ou un jeu de patience, suggère poliment François.

Les autres s'esclaffent, et Mme André elle-même ne peut s'empêcher de sourire.

— Bon, annonce-t-elle enfin, il faut que je retourne à mon travail.

Et elle disparaît dans la laiterie.

Les enfants font le tour de la meule de foin. Ils aperçoivent M. André qui monte dans sa voiture. Ils attendent quelques minutes et le véhicule démarre.

— Allons dire un mot à Sébastien avant de

partir, propose Mick. Regardez, ce poirier là-bas : on pourrait l'escalader pour atteindre sa chambre, non ?

Ils traversent la cour et s'arrêtent sous le grand arbre, à l'exception de Claude qui est restée près de la meule de foin. François lève la tête vers la fenêtre et appelle :

— Seb ! Seb !

Un visage encore barbouillé de toutes les couleurs se penche vers eux.

— Eh ! salut ! Mon beau-père veut que je reste enfermé ici toute la journée. Et dire qu'il fait un temps splendide... Où est passé Antoine ?

— Je ne sais pas. Sûrement en train de pleurnicher derrière un buisson, avance Mick. Sébastien, si tu ne peux pas sortir aujourd'hui, viens ce soir : on veut absolument te voir.

— D'accord, acquiesce le jeune garçon. Je vais faire tout ce que je peux pour m'échapper cette nuit. Est-ce que vous trouvez que je ressemble à un Peau-Rouge ?

— Tu es terrifiant, répond Annie. Je me demande si Dagobert t'a reconnu.

— Et où est Claude ? questionne le fils de la fermière.

— Elle boude derrière la meule de foin, explique François. Et je parie qu'elle restera

furieuse toute la journée. C'est quand même pas malin d'avoir vendu la mèche !

— Oui, je suis un idiot, convient Sébastien. Tiens, voilà Antoine là-bas. Dites-lui de faire bien attention au taureau !

— Il y a un taureau ? demande Annie, effrayée.

— Non, pas encore... mais il pourrait y en avoir un bientôt, avertit le jeune Peau-Rouge avec un clin d'œil. Salut, amusez-vous bien !

Les trois enfants quittent leur ami et se dirigent vers Antoine qui vient de surgir de derrière un petit amas de genêts. Il leur fait une grimace et court en direction de la laiterie.

François saisit le bras de Mick, et se met à crier très fort :

— Oh ! Le taureau. Attention au taureau !

Son frère comprend tout de suite qu'il s'agit d'un jeu.

— Le taureau est détaché. Attention ! renchérit-il.

Annie pousse un cri. Elle sait que le taureau n'existe pas mais la voix des garçons est si convaincante qu'elle ne peut s'empêcher de tressaillir.

— Le taureau ! hurle-t-elle.

Antoine devient blême.

— Où ça ? balbutie-t-il.

— Derrière toi, répond François.

Le pauvre Antoine, persuadé qu'un taureau furieux va se précipiter sur lui, pousse un cri d'épouvante, s'élance dans la laiterie et cache son visage dans le tablier de Mme André.

— Au secours, au secours, le taureau me poursuit !

— Mais, il n'y a pas de taureau dans cette ferme, dit Mme André, surprise. Ce ne peut être qu'une vache ou un mouton.

Les trois enfants rejoignent Claude et veulent lui raconter l'histoire du taureau ; mais elle leur tourne le dos sans les écouter. Mieux vaut ne pas insister et laisser la jeune fille se calmer toute seule. Ils reprennent le chemin du camp. Dagobert les suit lentement, la queue entre les jambes. Il ne gambade pas, comme il le fait d'habitude. Sa maîtresse n'a pour lui ni un regard ni une caresse et il est malheureux. Quand ils ont regagné les tentes, Claude laisse exploser sa colère.

— Comment avez-vous osé partir sans moi quand je vous avais dit que je voulais venir ? Et dire que vous avez emmené Sébastien à ma place ! Je ne vous croyais pas capables de tant de méchanceté !

— Ne dis pas n'importe quoi, proteste François. On t'avait avertie qu'on préférait que tu ne viennes pas. Mais on va tout te raconter !

— Oh ! oui, moi aussi je veux savoir ! intervient Annie.

Mais sa cousine détourne la tête avec dédain. Mick relate les étranges événements de la nuit. Annie l'écoute de toutes ses oreilles ; Claude aussi, tout en feignant l'indifférence. Elle ne pardonnera pas de sitôt ce qu'elle juge être une véritable trahison.

— Voilà, conclut Mick. Quand le train est sorti du tunnel, on a eu peur, ça c'est sûr. On regrettait que tu ne sois pas là, Claude, mais Annie ne pouvait pas rester seule. Tu veux bien qu'on fasse la paix, maintenant ?

Claude n'accepte pas les excuses.

— Dagobert vous a sans doute accompagnés, reprend-elle. Je lui en veux terriblement d'être parti sans me réveiller, lui qui sait que j'adore les aventures !

— Tu ne vas quand même pas en vouloir au pauvre Dago ! s'écrie François. Regarde, tu lui fais de la peine et tu es injuste ! Et d'abord, il ne nous a pas accompagnés ; il est venu à notre rencontre à notre retour. Et ensuite, il a suivi Seb jusqu'à la ferme.

— Oh ! s'émeut Claude. Tu es un gentil chien... Tu voulais seulement t'assurer que ton nouvel ami ne courait pas de danger en rentrant tout seul en pleine nuit !

Elle se penche pour caresser Dagobert qui retrouve toute sa gaieté.

— Toi, au moins, tu m'as été fidèle, ajoute la jeune fille en embrassant l'animal sur le museau. C'est une consolation !

Il y a un silence. Personne ne sait sur quel pied danser lorsque Claude a un accès de colère. Mieux vaut la laisser tranquille. Annie prend le bras de sa cousine ; elle est très triste quand ses compagnons se disputent.

— Je ne vois pas pourquoi tu serais fâchée contre moi... je ne t'ai rien fait ! murmure la fillette.

— Si tu n'étais pas une poule mouillée, trop froussarde pour nous accompagner, j'aurais pu voir le train fantôme, moi aussi, rétorque Claude en se dégageant.

Des larmes montent aux yeux d'Annie et François s'indigne.

— C'est toi qui te conduis comme une gamine, s'emporte-t-il. Je ne te croyais pas si méchante !

La maîtresse de Dagobert a honte d'elle-même, mais elle est trop orgueilleuse pour s'excuser. Elle défie son cousin du regard.

— Et moi, je ne vous croyais pas capables

de me traiter de cette façon, hurle-t-elle. Après toutes les aventures qu'on a vécues ensemble, vous essayez de me semer ! J'exige que vous m'emmeniez la prochaine fois, compris ?

— Pour te récompenser d'être si égoïste ? s'écrie Mick qui sait, lui aussi, se montrer très obstiné. Certainement pas ! C'est mon aventure et celle de François ; peut-être aussi celle de Sébastien. Mais on ne veut ni de toi ni d'Annie !

Il se lève et s'éloigne avec son frère. Claude arrache rageusement des brins d'herbe et les mâchonne avec fureur.

La benjamine du groupe refoule ses larmes ; elle déteste les querelles. En soupirant, elle se met à préparer le déjeuner ; un bon repas rétablira peut-être le calme.

M. Clément, assis devant sa tente, lit le journal. Il entend les pas des garçons et lève la tête en souriant.

— Vous avez quelque chose à me dire ?

— Oui, répond François saisi d'une idée soudaine. Est-ce qu'on pourrait jeter un coup d'œil à votre carte, monsieur ? La grande que vous nous avez montrée.

— Bien sûr. Elle est dans ma tente.

Les garçons trouvent le document et le déplient. Mick comprend immédiatement les intentions de son frère. Le professeur poursuit sa lecture.

— Les voies ferrées qui passent sous le plateau sont-elles indiquées ? l'interrompt François.

— Oui, il y en a plusieurs, acquiesce M. Clément avec un signe affirmatif.

Les deux aventuriers se penchent sur la grande carte ; les rails sont représentés par des lignes pointillées quand ils sont souterrains, par de longs traits noirs lorsqu'ils se trouvent à découvert.

Ils situent bientôt l'emplacement du camp. Puis François, après une brève recherche, pose le doigt sur une marque noire qui succède à une série de petits points. Il regarde Mick qui hoche la tête : oui, ce pointillé indique le tronçon du tunnel d'où le train fantôme est sorti. La ligne pleine désigne la partie des voies qui relie le souterrain à la gare désaffectée. L'aîné pointe ensuite sur le plan l'endroit où, semble-t-il, le tunnel se divise en deux. Les deux frères échangent un regard.

Le professeur aperçoit soudain un papillon et se lève pour le poursuivre. François et Mick en profitent pour commenter leur découverte.

— C'est simple, affirme le premier à voix basse. Soit le train fantôme suit le tunnel sur toute sa longueur, soit il prend ce deuxième embranchement et débouche dans l'autre vallée. Je sais ! On va demander à M. Clément de nous conduire en ville, en prétextant qu'on a besoin de faire quelques achats, et on ira à la gare centrale pour interroger les employés au sujet de ces deux tunnels. Ils pourront sans doute nous fournir des renseignements précis.

— Bonne idée, approuve son frère au moment où le professeur revient. Dites, monsieur, vous êtes très occupé aujourd'hui ? Vous seriez d'accord pour nous conduire en ville après le déjeuner ?

— Certainement, répond M. Clément avec amabilité.

Les garçons échangent un regard ravi. Leur enquête aboutira, sans aucun doute ! Mais ils n'emmèneront pas Claude. Non, tant pis pour elle. Son accès de colère mérite une bonne punition !

CHAPITRE 13

François et Mick mènent l'enquête

Annie appelle ses compagnons pour le déjeuner.

— Venez, crie-t-elle, tout est prêt. Et prévenez aussi M. Clément !

Le professeur accepte volontiers l'invitation.

— De la salade, des œufs durs, du jambon. C'est très appétissant. Et ça ? Une tarte aux pommes ! Eh bien ! Comment peut-on faire de la pâtisserie ici ?

La fillette se met à rire.

— Tout vient de la ferme, sauf la limonade et l'eau.

Claude prend place avec les autres, mais ne desserre les dents que pour manger. M. Clément la regarde avec étonnement.

— Tu n'es pas malade, j'espère ? demande-t-il.

La jeune fille rougit.

— Non, pas du tout, répond-elle en s'efforçant de sourire sans y parvenir.

L'homme l'observe avec attention. Il est rassuré de constater qu'elle montre autant d'appétit que les autres ; il devine que les enfants se sont querellés, mais estime qu'il n'a pas à intervenir. Les jeunes campeurs se réconcilieront certainement très vite.

Ils terminent leur repas et vident les deux bouteilles de limonade. La chaleur donne soif. Dagobert lapc toute son eau et sa jeune maîtresse remplit de nouveau son écuelle.

— Si vous voulez venir en ville avec moi cet après-midi, je partirai dans un quart d'heure, annonce M. Clément en bourrant sa vieille pipe brune.

— D'accord, répond aussitôt Annie. On fera la vaisselle en rentrant. Tu viens aussi, Claude ?

— Non, rétorque sèchement sa cousine.

Les garçons poussent un soupir de soulagement. Elle boude encore. Mais si elle avait su le but de l'excursion, la curiosité aurait sûrement été plus forte que la rancune.

— Je ferai une promenade avec Dagobert, déclare la jeune fille en se levant.

Elle part avec son chien. Les autres

rejoignent M. Clément qui les attend près de la voiture. Ils montent et le conducteur embraye.

— Une minute ! s'écrie brusquement François. La remorque est encore accrochée au pare-choc ! On n'a pas besoin de la traîner jusqu'en ville.

— Ça alors ! Je l'avais complètement oubliée, avoue le professeur, vexé. Ça m'arrive très souvent.

Les enfants échangent un regard amusé. Cher M. Clément ! Que deviendrait-il s'il n'avait pas sa femme pour s'occuper de tout chez lui ?

La remorque détachée, la voiture démarre et descend en cahotant le petit chemin plein d'ornières qui mène à la grand-route. Le professeur s'arrête au centre de la ville et promet aux enfants de les retrouver pour le goûter à cinq heures, dans la pâtisserie de la place du marché. Puis il se dirige vers la bibliothèque. François, Mick et Annie se trouvent tout désorientés sans Dagobert ni sa jeune maîtresse.

— Claude méritait d'être punie ! déclare François. Elle a vraiment passé l'âge de ces colères stupides.

— Tu sais qu'elle adore les aventures, rappelle Annie. Si je n'avais pas eu si peur, je serais venue avec vous, et Claude aurait pu vous accompagner. C'est vrai que je suis très froussarde, elle a raison.

— Bien sûr que non, proteste Mick, personne ne peut s'empêcher d'avoir peur de temps en temps. Et tu t'es souvent montrée aussi courageuse que nous.

— Où on va, maintenant ? questionne sa sœur.

Les garçons l'informent de leurs projets, et ses yeux étincellent.

— Alors comme ça, d'après la carte, le train fantôme pourrait venir de l'une des deux vallées ?

— Exact, confirme Mick. Les tunnels ne sont pas très longs. On a l'intention de demander plus de renseignements à la gare ; un employé pourra peut-être nous donner quelques détails sur la vieille gare désaffectée et sur le tunnel. Et, bien entendu, on ne parlera pas du train fantôme.

Arrivés à la gare, ils examinent un plan des voies ferrées qui ne leur apprend pas grand-chose. Puis François s'adresse à un jeune homme qui transporte des bagages.

— Pouvez-vous nous donner un renseignement ? interroge-t-il. On campe là-haut sur le plateau, tout près d'une gare abandonnée avec des voies qui s'enfoncent sous un tunnel. Vous savez pourquoi cette gare est désaffectée ?

— Non, je ne sais pas, répond l'employé. Mais, demandez à Étienne, là-bas. Il connaît les tunnels du plateau comme sa poche. Il y travaillait quand il était jeune.

— Merci, répondent les enfants.

Ils s'approchent d'un mécanicien qui se chauffe au soleil en attendant l'arrivée du prochain train.

— Excusez-moi, dit Mick poliment. On m'a dit que vous pourriez me renseigner sur les souterrains qui passent sous le plateau ; c'est un sujet qui m'intéresse beaucoup.

— Ouais ! Mon père et mon grand-père les ont construits, répond fièrement l'homme en levant vers le jeune garçon de petits yeux gris. Moi, j'étais mécanicien dans les trains.

Il décrit toutes les voies dont il a gardé le souvenir : les enfants attendent patiemment qu'il ait fini.

— Il y a un tunnel pas loin de l'endroit où on campe, explique François quand il peut enfin placer un mot. On est installés tout près de la ferme du Grand Chêne et on a vu une ancienne gare désaffectée avec des voies qui s'enfoncent dans un souterrain.

— Oh ! oui ! Je vois très bien, déclare Étienne en hochant sa tête grise coiffée d'une casquette de travers. Ce tronçon de la ligne ne sert plus depuis des années, ni la gare non plus ; y avait pas assez de voyageurs, et la compagnie des Chemins de Fer perdait beaucoup d'argent. Plus aucun train ne passe par là.

Les garçons échangent un regard. Les trains ne passent plus par là ! Eh bien, ils ont la preuve du contraire. François reprend :

— Ce tunnel se divise en deux branches, non ?

Le mécanicien, ravi de l'intérêt que les trois enfants manifestent, se lève et entre dans un bureau. Il en revient avec une carte crasseuse qu'il étale sur ses genoux. Son ongle noir indique un point sur le papier.

— Voilà la gare ; elle s'appelait la gare du Grand Chêne, comme la ferme. Ces lignes, ce sont les voies, et le tunnel est là ; il se dirige vers la vallée des Peupliers et là, autrefois, il y avait un embranchement qui conduisait à la vallée des Corbeaux. Mais ce souterrain-là a été muré y a des années, après un accident... le toit s'est écroulé, je crois.

Les jeunes enquêteurs écoutent attentivement. Mick tire tout bas des conclusions. Si ce train fantôme vient de quelque part, ce doit être de la vallée des Peupliers puisque l'accès de la vallée des Corbeaux a été bloqué.

— Vous êtes sûr qu'aucun train ne va plus de la vallée des Peupliers à la gare du Grand Chêne ? demande-t-il.

— Je vous ai dit qu'on ne s'en servait plus

depuis belle lurette. Pas une locomotive n'est passée par là depuis ma jeunesse.

Voilà qui est extrêmement intéressant ! Les deux garçons ont l'air tellement passionnés par les explications d'Étienne, que ce dernier leur offre la vieille carte.

— Merci, dit Mick ravi. Elle nous sera bien utile !

Ils quittent le vieux mécanicien, retournent en ville et s'asseyent dans un petit square pour commenter les informations qu'ils viennent de recevoir.

— Pour un mystère, c'est un mystère ! observe François. Comment expliquer que des trains continuent de circuler dans ces tunnels, alors que la compagnie ne les exploite plus et que la gare est abandonnée ?

— Ce sont forcément des trains fantômes, conclut Annie les yeux écarquillés.

— Oui, ça y ressemble bien, convient son frère aîné. Quoi qu'il en soit, je n'y comprends rien.

— Je sais ce qu'on va faire, s'écrie brusquement Mick. On va refaire une expédition nocturne. Toi, François, tu te posteras à la gare désaffectée et moi, à l'autre extrémité du tunnel. J'attendrai que le train sorte, et je découvrirai si le convoi s'arrête bien à la vallée des Peupliers et ce qu'il y fait !

— C'est une idée géniale, approuve son frère. Mettons-la à exécution dès ce soir. Si Sébastien vient nous rendre visite au campement, il pourra nous accompagner. Sinon on ira tous les deux. Sans Claude !

Ils sont au comble de l'excitation. Annie se demande si elle sera assez courageuse pour se joindre à l'expédition. Non, elle restera tranquillement dans sa tente. Ses frères n'auront pas besoin d'elle. D'ailleurs ce n'est pas encore une véritable aventure, mais simplement un mystère à éclaircir.

Quand les jeunes enquêteurs reviennent au camp, Claude n'est pas encore rentrée de sa promenade. Ils l'attendent, et elle finit par apparaître avec Dagobert ; tous deux semblent très fatigués.

— Je regrette d'avoir été si stupide ce matin, annonce-t-elle. Ma balade m'a fait réfléchir et je m'excuse pour mon comportement.

— Puisque c'est fini, n'en parlons plus, répond aimablement François.

Tous se réjouissent que Claude se soit calmée ; elle est tellement désagréable quand elle s'emporte ! Ses compagnons lui relatent brièvement les renseignements que leur a fournis le mécanicien ; la jeune fille écoute, mais ne pose aucune question.

La nuit est belle et claire ; les étoiles brillent

dans le ciel. Les enfants disent bonsoir à M. Clément et rentrent dans les tentes. François et Mick n'ont pas l'intention de partir avant minuit ; ils s'enfoncent dans leurs sacs de couchage et discutent à mi-voix.

Vers onze heures, ils entendent des pas furtifs au-dehors ; est-ce Sébastien ? Leur ami les aurait interpellés tout de suite... Qui est donc cette personne qui rôde dans le campement ?

Soudain François voit une silhouette familière qui se découpe sur le ciel lumineux. Il donne un coup de coude à son frère. C'est Claude ! Que fabrique-t-elle ? Apparemment, elle s'efforce de ne pas faire de bruit et suppose sûrement que les garçons sont endormis.

Mick se met à ronfler pour l'en convaincre. Enfin la jeune fille disparaît. François attend quelques minutes, puis passe prudemment la tête au-dehors ; il tâte autour de lui, et ses doigts rencontrent une ficelle ; il fait une grimace et retourne dans la tente.

— Sacrée Claude ! Elle est maligne ! chuchote-t-il. Elle a tendu une ficelle devant l'entrée de notre tente ; et je parie que cette corde est attachée à son sac de couchage. Si on s'échappe dans la nuit, une secousse l'alertera et elle nous suivra.

— Reconnais que c'est rusé ! murmure Mick

en riant. Il faudra faire bien attention à ne pas marcher sur le fil en sortant.

Aussi, lorsqu'ils quittent leur tente à minuit, les deux frères veillent à ne pas heurter la corde. Puis ils s'éloignent dans la bruyère pendant que leur cousine dort profondément près d'Annie en attendant d'être réveillée par le signal de la ficelle. Pauvre Claude !

Les garçons arrivent à la gare déserte. Une lueur brille dans la cabane du vieux Thomas. Ainsi le train fantôme n'est pas encore passé cette nuit-là.

Ils descendent la pente quand un grondement sourd leur annonce l'arrivée du mystérieux convoi. Quelques secondes plus tard, l'énorme locomotive jaillit du tunnel et se dirige vers la gare.

— Vite, Mick, cours à la sortie du tunnel et attends que le train surgisse, ordonne François d'une voix haletante. Moi je file à l'autre extrémité ; d'après la carte, elle n'est qu'à quelques mètres d'ici ! Je vais suivre le sentier. Je guetterai le train fantôme et on verra bien ce qui arrive !

Il prend ses jambes à son cou pour gagner le chemin qui le conduira à l'autre bout du tunnel ; il est bien décidé à éclaircir le mystère !

CHAPITRE 14

Un nouveau campeur

François court à toute allure ; il éclaire le sentier avec sa lampe électrique. Bien qu'envahi par les herbes, le chemin ne présente aucun obstacle.

« Si le train fantôme s'arrête une vingtaine de minutes à la gare, comme la dernière fois, j'aurai juste le temps d'atteindre l'autre extrémité du tunnel, pense le garçon. Je serai à la vallée des Peupliers avant qu'il arrive. »

Le trajet lui paraît très long, mais enfin, François aperçoit une cour entourée de vieux bâtiments, des hangars, semble-t-il. C'est sûrement la gare de la vallée des Peupliers ! Le jeune explorateur descend rapidement la pente et arrive au milieu des vieilles remises. Avant d'éteindre par précaution sa lampe de poche, il en promène le rayon et aperçoit ce qu'il cherchait : un chemin de fer tout rouillé qui conduit jusqu'à l'ouverture noire du tunnel.

François suit les rails. Arrivé à l'entrée du souterrain, là, il allume de nouveau sa torche électrique pendant quelques secondes. Oui, les voies s'enfoncent à l'intérieur. Le garçon s'arrête pour prendre une décision.

« Je vais pénétrer dans le tunnel », pense-t-il.

Il s'engage aussitôt dans la galerie et marche entre deux rails. Là, il se sert sans scrupule de sa lampe, certain que personne ne se dressera devant lui pour lui demander ce qu'il vient faire.

La cavité béante semble se perdre dans les ténèbres. François aperçoit dans le mur une alcôve destinée aux ouvriers qui travaillent sur les voies. Il décide de s'y cacher.

Blotti dans cet abri, il regarde le cadran lumineux de sa montre et constate que son trajet a duré vingt minutes. Le train, sans doute, ne tardera pas à arriver et passera tout près de lui. Le jeune aventurier a un frisson et déplore l'absence de Mick. Ce n'est pas très rassurant d'attendre dans l'obscurité un train mystérieux qui, apparemment, roule sans conducteur...

L'attente se prolonge. Un moment, le jeune garçon croit entendre un grondement lointain et

il retient son souffle. Mais bientôt le silence règne de nouveau. Au bout d'une demi-heure, François perd patience.

« Dans dix minutes, je partirai, décide-t-il. Je ne vais pas passer la nuit à guetter un train fantôme qui ne vient pas. Il restera peut-être à la gare du Grand Chêne jusqu'à demain matin. »

Le délai écoulé, il retourne à la gare de la vallée des Peupliers et reprend le sentier qu'il a emprunté pour venir. Il marche vite, pressé de retrouver son frère qui monte la garde à la sortie du tunnel.

Mick est à son poste, fatigué et impatient. Il aperçoit le signal que François lui adresse avec sa lampe électrique et répond de la même façon. Quelques minutes plus tard, les deux frères se rejoignent.

— J'ai cru que tu ne reviendrais jamais, s'écrie le plus jeune d'un ton de reproche. Qu'est-ce qui s'est passé ? Le train fantôme est rentré dans le tunnel il y a un siècle ! Il n'est resté que vingt minutes dans la gare.

— Il est retourné dans le tunnel ? demande François. Tu es sûr ? Eh bien, il n'est pas ressorti de mon côté ! Je n'ai même rien entendu... à part un faible grondement qui était peut-être seulement l'effet du vent.

Les deux garçons gardent le silence, trop

étonnés pour parler. Qu'est-ce que c'est que ce train qui sort d'un tunnel en pleine nuit, s'y enfonce de nouveau et ne reparaît pas à l'autre bout ?

— Le vieil Étienne nous a bien parlé d'une bifurcation, remarque enfin François. Mais il a dit qu'elle avait été bloquée après l'écroulement du toit.

— On ne peut pas explorer les souterrains toute la nuit, déclare Mick. Attendons demain. Pour le moment, j'ai envie de dormir.

François approuve. En silence, tous deux retournent au camp ; mais ils oublient la ficelle tendue devant leur tente et, sans s'en apercevoir posent le pied dessus. Ils se hâtent de se recoucher, car ils tombent de sommeil.

Claude se réveille en sursaut dès qu'elle sent la secousse provoquée par le fil attaché à son sac de couchage. Dagobert, alerté par le retour des garçons, lui donne un grand coup de langue.

La jeune fille sort de son duvet et rampe au-dehors. Alors comme ça, ses cousins comptent filer en douce ? Rira bien qui rira le dernier !

Mais lorsque Claude s'approche de la tente, rien ne bouge ; les deux garçons se sont endormis tout de suite, épuisés par leur course nocturne. François ronfle un peu et Mick respire si fort que sa cousine l'entend du dehors. Pourtant, quelqu'un a bien marché sur la ficelle... Après être restée plusieurs minutes aux aguets, la jeune fille se résigne à retourner se coucher.

Le lendemain matin, Claude a un nouvel accès de colère, alors que Mick et François racontent leur aventure de la nuit. Ils sont donc partis une nouvelle fois sans elle et, de plus, ils ont découvert son stratagème d'alerte ! Mick s'aperçoit de la fureur de sa cousine et ne peut s'empêcher de rire.

— Tu vois, on est plus malins que toi ; ta petite astuce n'a servi à rien ! Mais, au retour, on a oublié le piège. Tu as dû sentir une belle secousse ! Tu avais attaché la ficelle à ton sac de couchage, c'est ça ?

Claude lui aurait jeté son bol de chocolat à la tête si Sébastien n'était pas arrivé juste à cet instant ! Il paraît tout déconfit.

— Salut, Seb, lance François. Tu veux déjeuner avec nous ? Assieds-toi.

— Impossible, répond le fils de la fermière. Je n'ai que quelques minutes. Il faut que j'aille chez la sœur de mon beau-père et que j'y reste deux semaines. Quinze jours ! Vous vous rendez compte ? Vous serez partis quand je reviendrai, non ?

— Oui... mais pourquoi es-tu obligé de partir ? demande Annie avec surprise.

— Je ne comprends pas... avoue Sébastien. Maman ne veut rien me dire, mais elle est toute triste. Mon beau-père est d'une humeur massacrante. En plus, je ne connais pas bien sa sœur, je ne l'ai vue qu'une fois...

— Eh bien, viens avec nous si tes parents veulent se débarrasser de toi, propose François qui a pitié de son ami.

Le visage du jeune garçon s'éclaire.

— Eh ! Bonne idée ! s'écrie-t-il.

— C'est vrai, poursuit Mick. Je ne vois pas pourquoi tu ne camperais pas avec nous, si tu es de trop à la ferme. Qu'est-ce que ça peut faire à ton beau-père que tu sois chez sa sœur ou ici ? Nous, on sera très contents de t'avoir.

— D'accord ! déclare Sébastien. Je ne dirai pas un mot à mon beau-père, mais je mettrai maman dans le secret. Je ne crois pas qu'elle vendra la mèche et j'espère qu'elle arrangera les choses avec sa belle-sœur.

Son visage rayonne de bonheur ; tous partagent sa joie, même Claude. Quant à Dagobert, il agite frénétiquement la queue. Les garçons se réjouissent d'avance de raconter à leur camarade les aventures de la nuit. Il s'en va demander la permission à sa mère pendant que les autres font la vaisselle et mettent tout en ordre. Après son départ, Claude reprend son air boudeur. Elle ne peut pardonner ce qu'elle appelle « la trahison des garçons » et refuse d'écouter leurs explications.

— Je me moque de vos trains fantômes, crie-t-elle. Vous n'avez pas voulu de moi ; eh bien, je n'ai rien à faire de vos histoires !

Et elle s'éloigne avec son chien.

— Laissez-la partir, dit François exaspéré. Qu'est-ce qu'elle attend, exactement ? Qu'on tombe à ses pieds et qu'on la supplie de nous honorer de sa présence la nuit prochaine si on retourne là-bas ? Hors de question !

— On devrait y aller en plein jour, remarque Mick. Et Claude pourrait venir, car Annie peut très bien rester seule dans la journée.

Son frère réfléchit et pousse un soupir.

— Tu as raison, dit-il. Rappelons-la.

Mais Claude est trop loin pour entendre.

— Elle a emporté des sandwichs, observe Annie. On ne la reverra pas avant un bon moment.

Sébastien revient au bout d'une heure avec deux couvertures, un pull de laine et d'autres provisions.

— Ça a été dur de persuader maman, reconnaît-il, mais elle a fini par accepter. D'ailleurs, même si elle avait refusé, je serais venu. Mon beau-père n'a pas le droit de me donner des ordres. Je suis tellement content ! Je n'avais jamais imaginé que je camperais avec vous. Au fait, les garçons, s'il n'y a pas de place pour moi dans la tente, je coucherai dehors.

— Ne t'inquiète pas ! On n'aura qu'à se serrer un peu... le rassure François. Bonjour, monsieur Clément. Vous vous levez de bonne heure, aujourd'hui !

Le professeur jette un regard à Sébastien.

— Ah ! c'est votre copain de la ferme ? Il vient passer quelques jours avec nous ? Je vois qu'il a apporté des couvertures.

— Oui, Sébastien campera avec nous, explique Mick. Regardez toute la nourriture que sa mère lui a confiée pour nous !

— En effet ! acquiesce M. Clément. Moi, je vais consacrer cette journée à ranger mes notes. Et vous ?

— Oh ! On va flâner jusqu'à l'heure du déjeuner, puis on fera peut-être une promenade... répond François.

Le professeur retourne dans sa tente et se met au travail en fredonnant. Soudain Sébastien sursaute et une lueur de crainte passe dans ses yeux.

— Qu'est-ce que tu as ? demande Annie.

Puis elle comprend ce qui effraie le jeune garçon : des cris qui retentissent au loin.

— C'est mon beau-père, explique le jeune fermier. Il m'appelle. Maman a dû lui dire où j'étais ou bien il l'a découvert tout seul.

— Vite, filons et cachons-nous ! décide Mick. Quand il se sera convaincu que tu n'es pas ici, il partira et on sera tranquilles.

L'idée paraît excellente à ses compagnons. D'ailleurs, personne ne tient à affronter la colère du terrible beau-père. Tous les quatre dégringolent la pente et se cachent dans les broussailles. On entend bientôt une voix qui appelle Sébastien. M. André arrive jusqu'à la tente de M. Clément. Le professeur, surpris de ces cris, sort la tête pour voir ce qui se passe. Il reconnaît le mari de la fermière, qu'il a aperçu deux jours plus tôt au volant de sa décapotable, et fronce les sourcils.

— Où est Sébastien ? demande le nouveau venu d'un air menaçant.

— Je ne sais pas, répond immédiatement M. Clément.

— Il faut qu'il retourne à la ferme. Je ne veux pas qu'il rôde ici avec ces gosses.

— Que leur reprochez-vous ? interroge le professeur. Moi, je les trouve très gentils et très bien élevés.

M. André dévisage son interlocuteur et décide de changer de ton.

— Je ne sais pas qui vous êtes, dit-il, mais je suppose que vous êtes un parent ou un ami des jeunes campeurs. Dans ce cas, je dois vous avertir : ces enfants courent de graves dangers !

— Vraiment ? Quels dangers ? demande le professeur d'une voix incrédule.

— Eh bien, sur ce plateau, il y a des endroits qui ne sont pas du tout fréquentables. Et vos petits protégés s'y sont aventurés. Je ne veux pas que Sébastien prenne le moindre risque. Sa mère en aurait le cœur brisé...

— Je comprends, acquiesce M. Clément.

— Dites-lui de rentrer à la ferme, s'il vous plaît, répète M. André... Cette gare là-bas est un lieu très dangereux. On raconte qu'elle est hantée. Des trains fantômes s'y arrêteraient. Je ne veux pas que mon beau-fils soit mêlé à ce genre d'histoires.

— Je comprends, répète M. Clément. Vous avez l'air de vous intéresser beaucoup à tout cela.

— Moi ? Jamais de la vie, rétorque son interlocuteur. J'évite juste de m'approcher de ces étranges tunnels. Je ne tiens pas du tout à voir des trains fantômes. Si j'en apercevais un, je prendrais mes jambes à mon cou ; je ne veux pas que Sébastien s'expose au danger. Je vous serais donc très reconnaissant de me le renvoyer dès que vous le verrez.

— J'ai bien compris, répond le professeur.

M. André, exaspéré, se retient pour ne pas s'énerver face à cet homme si placide, mais il fait demi-tour et s'en va. Quand il a disparu, M. Clément crie :

— Il est parti, Sébastien ! Viens, j'ai à te parler !

Les quatre enfants sortent de leur cachette, et le nouvel ami du Club des Cinq s'approche, l'air buté.

— Je veux simplement que tu saches ceci : je considère que ce n'est pas à moi de te renvoyer auprès de ton beau-père. Tant que ta maman est au courant que tu es ici, je n'ai pas à me mêler de quoi que ce soit.

Le jeune garçon se détend et sourit.

— Oh ! merci, se réjouit-il. Vous êtes gentil !

Il se précipite vers ses compagnons.

— Tout est arrangé ! s'exclame-t-il. Je reste ! Si on allait explorer le tunnel après le déjeuner, on verrait peut-être le train fantôme ?

— Bonne idée, approuve François. Pauvre Claude ! Encore une aventure qu'elle manquera !

CHAPITRE 15

Les péripéties de Claude

Claude est partie avec une idée en tête : découvrir la vérité sur le mystérieux tunnel. Elle a décidé d'entrer elle-même dans le souterrain.

Elle arrive bientôt à la gare du Grand Chêne, et aperçoit Tom Pied de Bois qui bricole dans la cour. La jeune fille s'avance vers lui. Il ne l'entend pas approcher et sursaute quand elle l'interpelle. Il se retourne et la regarde méchamment.

— File ! crie-t-il. On m'a ordonné de vous chasser, toi et tes amis. Vous voulez que je perde mon boulot ?

— Mais qui vous a dit de nous chasser ? demande Claude étonnée.

Qui peut savoir que les quatre enfants sont venus jusque-là ?

Le vieux Thomas se frotte les yeux et regarde la jeune fille.

— J'ai cassé mes lunettes, gémit-il.

— Qui vous a ordonné de nous chasser ? insiste Claude.

Mais Tom Pied de Bois a changé d'humeur ; il se penche, ramasse un gros caillou et lève le bras. Dagobert gronde. Le vieux laisse retomber la pierre.

— File ! hurle-t-il. Tu as l'air d'un bon p'tit gars... Tu ne veux quand même pas que le vieux Thomas ait des ennuis ?

La jeune enquêtrice fait demi-tour et s'avance vers l'entrée du tunnel afin de jeter un coup d'œil à l'intérieur, mais elle ne voit rien d'intéressant. Claude frissonne en pensant à la profondeur et à l'obscurité de la galerie. Elle n'a finalement aucune envie de pénétrer toute seule dans ce passage souterrain. Elle repère alors le sentier que François a suivi la veille. Où peut-il bien conduire ? L'adolescente parcourt plusieurs mètres, puis s'arrête pour examiner un étrange monticule au milieu des bruyères.

Avec l'aide de son chien, elle écarte le feuillage et ses doigts rencontrent un obstacle ; Claude tire de toutes ses forces, en vain. Dagobert, qui croit qu'elle a trouvé un terrier de lapin, continue de gratter la terre. Soudain, comme par magie, le chien disparaît.

— Dago ! crie Claude, désorientée. Mais, où es-tu passé ?

À son grand soulagement, un aboiement lointain lui répond. La jeune fille appelle de nouveau et l'animal répond de plus belle. On dirait que ses cris viennent d'en dessous...

Claude arrache quelques touffes de bruyère et comprend brusquement ce qu'est cet étrange monticule ; c'est une bouche d'aération du tunnel ! c'était de là que s'échappait la fumée à l'époque où circulaient de nombreux trains à vapeur. Au fil des décennies, le trou a été recouvert par de la mousse et des herbes. En se penchant sur l'excavation, la jeune enquêtrice aperçoit un grillage rouillé au milieu duquel s'ouvre un large trou. C'est par là qu'a dégringolé Dagobert.

— Oh ! mon pauvre toutou... j'espère que tu ne t'es pas fait mal, murmure anxieusement sa maîtresse. On dirait que ce n'est pas très profond... Attends un moment ; je vais voir ce que je peux faire ; si seulement les autres étaient là pour m'aider...

Claude a beaucoup de mal à dégager le grillage. Elle y parvient enfin et entend plus distinctement les aboiements de son chien. Il pousse de temps en temps quelques petits jappements comme pour dire : « Ce n'est pas grave, je peux attendre, je ne suis pas blessé... »

L'adolescente est si fatiguée qu'elle est obligée de s'asseoir quelques instants pour reprendre haleine. Elle a faim, mais ne veut pas manger avant d'avoir rejoint son fidèle compagnon. Elle ne s'accorde qu'un bref moment de repos.

La jeune fille se glisse dans le conduit d'aération. C'est très périlleux et elle se demande si elle ne va pas dégringoler comme Dago. Une fois à l'intérieur, elle découvre une vieille échelle rouillée, qui, autrefois, conduisait jusqu'en haut. La plupart des échelons ont disparu, mais les montants de fer sont restés bien fixés au mur de brique. Le chien pousse un petit cri ; sa maîtresse est maintenant tout près de lui.

Claude descend avec précaution, et arrive enfin à hauteur de Dagobert. L'animal est tombé sur une étroite plate-forme entre deux échelons.

— Oh ! Dag ! s'écrie l'adolescente terrifiée... Comment je vais te sortir de là ?

Elle ne peut le faire remonter ni descendre par cet escalier de fer où manquent tant de marches ; la situation semble désespérée.

— Oh ! je m'en veux tellement... je n'aurais jamais dû me mettre en colère et partir seule à

l'aventure... Écoute, Dago, je vais essayer d'arriver en bas pour voir à quel niveau du tunnel on se situe. On ne doit pas être trop loin de la sortie. Je pourrais trouver quelqu'un pour m'aider à te sortir de là.

L'adolescente donne une petite tape à l'animal pour le rassurer et, du bout des pieds, tâte les échelons. Heureusement, plus bas, ils sont tous à leur place, et la descente devient plus facile. La fillette atteint bientôt le sol.

Là voilà donc dans le tunnel. Claude presse le bouton de sa torche électrique.

Alors elle retient un cri d'effroi.

Devant elle, noire et terrifiante, se dresse une gigantesque locomotive à vapeur. La jeune fille, haletante, écarquille les yeux. C'était un train de marchandises d'un modèle très ancien. La cheminée est énorme. Claude scrute cette effrayante apparition à la clarté de sa lampe. Elle se sent complètement désemparée.

« À tous les coups, c'est le train fantôme », pense-t-elle.

La jeune exploratrice frissonne. Cet engin date d'une époque déjà lointaine. Qui peut bien le conduire la nuit ? Se déplace-t-il sans mécanicien ? Non, c'est stupide ; les trains ne circulent pas sans cheminot... Claude se secoue, et se rappelle qu'elle doit sauver Dagobert.

Mais, au même instant, le pauvre chien perd l'équilibre. Il s'est penché pour voir sa maîtresse et ses pattes ont glissé. Il pousse un hurlement de détresse, son corps heurte un échelon qui ralentit sa chute ; puis il roule jusqu'en bas.

L'adolescente l'entend et comprend que son compagnon a dégringolé de son perchoir. Paralysée par la terreur, elle ne parvient même pas à respirer.

Dagobert s'abat avec un bruit sourd non loin d'elle et gémit ; en une seconde, Claude est à genoux près de lui.

— Dago, tu es blessé ?

— Ouah... soupire l'animal, et il se lève en chancelant sur ses quatre pattes, apparemment sain et sauf. Par chance, il a atterri au milieu d'un tas de suie, constitué au cours des années dans un coin du tunnel. Le chien se secoue violemment, et un nuage noir recouvre sa jeune maîtresse. Mais cela importe peu à cette dernière ; elle serre son cher compagnon sur son cœur sans se soucier de salir son visage et ses vêtements. Puis elle inspecte l'endroit où Dagobert est tombé.

— De la suie ! Oh ! Dago, c'est un miracle ! Sans ce matelas de poussière, tu te serais fait très mal !

L'animal lèche le nez de la jeune fille et fait

la grimace ; le goût de la suie ne lui plaît pas beaucoup !

Claude se relève. Elle ne tient pas à remonter par cet horrible trou et, d'ailleurs, Dagobert en est incapable ; il faut donc trouver la sortie principale du tunnel. Quelques instants plus tôt, elle n'osait pas s'engager dans le souterrain, et voilà qu'elle va devoir le parcourir, à la seule lueur de sa lampe de poche !

Le chien s'approche de l'énorme train et flaire les roues ; puis il saute à l'intérieur de la locomotive. L'audace de Dagobert calme les craintes de l'adolescente. Après tout, ce monstre de ferraille n'est peut-être qu'un train comme les autres... Elle décide d'examiner les quatre gros fourgons qui sont accrochés à la machine de tête. Sa lampe électrique à la main, Claude grimpe dans l'un d'eux et Dagobert la suit. Bizarrement, le wagon est plein de caisses. Pourquoi un train fantôme transporte-t-il de la marchandise ? La jeune fille s'apprête à examiner le contenu des coffres quand un bruit attire son attention.

Elle se hâte d'éteindre sa lampe électrique, se blottit dans un coin, saisit le collier de Dagobert et tend l'oreille. Elle perçoit un cliquetis métallique. Le chien est sur le qui-vive et ses poils se hérissent sur son dos.

La jeune aventurière entend alors un choc sourd. Soudain une lumière brille et la galerie est éclairée comme en plein jour. Cette clarté vient d'une grande lampe accrochée au mur. Claude jette un regard prudent par une fente du fourgon. Elle comprend qu'elle se trouve au point d'intersection des deux tunnels : en fait, il s'agit de l'embranchement décrit par Étienne, le vieux mécanicien. Elle suit les voies des yeux : la première descend tout droit vers la vallée des Peupliers ; la seconde se dirige vers une grande paroi. C'est la branche du souterrain qui a été murée après l'écroulement du toit.

« Oui, c'est bien ce que le mécanicien a expliqué à François », pense l'adolescente.

Soudain, elle s'immobilise, les mains crispées sur le collier de Dagobert. Un énorme pan du mur qui bouche la deuxième voie vient de pivoter. La jeune fille retient une exclamation.

Un homme franchit l'ouverture. Claude est sûre qu'elle l'a déjà vu quelque part. Son cœur bat de plus en plus fort. Elle est alors prise de panique : l'individu s'approche du train et monte dans la locomotive !

Des bruits résonnent. Que se passe-t-il donc ? Allume-t-on la chaudière pour mettre le train en marche ? La malheureuse exploratrice n'ose pas se pencher au-dehors pour regarder ; elle tremble de tous ses membres, et Dagobert se presse contre elle pour la réconforter.

Un halètement se mêle aux autres sons. L'homme est sans doute en train de faire démarrer la locomotive... Une volute de fumée jaillit de la cheminée... Et, de nouveau, des cliquetis et des chocs sourds s'élèvent dans l'immense tunnel.

C'est alors qu'une brusque idée épouvante la pauvre Claude : qu'arrivera-t-il si le mystérieux conducteur dirige le train de l'autre côté du pan de mur qui a pivoté quelques minutes plus tôt ? L'ouverture est bien assez large pour laisser passer le convoi... Si l'individu referme la gigantesque porte derrière lui, la jeune fille se trouvera prisonnière !

« Il faut que je descende avant qu'il ne soit trop tard, pense-t-elle, prise de panique. Pourvu que le conducteur ne me voie pas ! »

Mais au moment où elle s'approche du marchepied, la locomotive, avec un bruyant « teuf, teuf ! », se met à reculer, parcourt quelques mètres en arrière, roule une nouvelle fois vers l'avant. Ça y est, le train a franchi le pan de mur mobile et s'enfonce dans le second tunnel.

Claude est paralysée par la peur.

Le second passage souterrain est aussi brillamment éclairé que le premier. L'adolescente jette un regard par la fente et aperçoit, de chaque côté des rails, de grandes alcôves où semblent patienter plusieurs hommes. Qui sont-ils et pourquoi attendent-ils ce vieux train ?

Un bruit étrange résonne derrière les wagons. L'immense porte creusée dans le mur est en train de se refermer ! À présent, il n'y a plus aucun moyen d'entrer ni de sortir. La petite prisonnière frissonne.

Le train s'arrête ; Claude jette un coup d'œil pour voir ce qui l'empêche d'avancer. Elle s'aperçoit qu'un nouveau mur se dresse, mais cette fois *devant* la locomotive. La jeune enquêtrice comprend alors que le tunnel est bouché à deux endroits, entre lesquels s'étend cette cave extraordinaire.

— Que diraient les autres s'ils savaient qu'on est tous les deux cachés dans le train fantôme, prisonniers dans une cachette où personne ne peut nous trouver ? chuchote-t-elle à Dagobert. Qu'est-ce qu'on va devenir ?

Le chien agite la queue ; ces événements dépassent sa compréhension.

— On attendra que les hommes soient partis, décide la jeune fille. Ensuite on verra si on peut découvrir le moyen de sortir. On racontera tout ça à M. Clément, car il se passe ici des choses vraiment bizarres. Ce n’est pas de chance qu’on soit tombés juste au milieu !

Subitement, la lumière s’éteint. L’adolescente et son fidèle compagnon sont plongés dans l’obscurité.

CHAPITRE 16

Les garçons retournent dans le tunnel

Sébastien est heureux comme un roi. Quelle joie de camper avec ses nouveaux amis ! Il déjeune avec François, Mick et Annie, et rivalise d'appétit avec eux. M. Clément se joint à la petite troupe.

— Où est Claude ? demande-t-il.

— Elle est partie se promener toute seule, répond François.

— Vous vous êtes disputés ? s'enquiert le professeur.

— Un peu, avoue Mick, et, quand elle est en colère, il vaut mieux la laisser tranquille. Elle a un sale caractère.

— Où est-elle allée ? questionne M. Clément en se servant des tomates. Elle ne reviendra pas déjeuner ?

— Elle a emporté des sandwichs, explique Annie. Je suis quand même un peu inquiète ; j'espère qu'il ne lui arrivera rien.

Le professeur laisse sa fourchette en suspens.

— Je suis préoccupé, moi aussi, reconnaît-il. Heureusement, Claude a Dagobert avec elle.

— Cet après-midi, on va explorer la région, déclare François, quand ils ont fini de manger. Et vous, monsieur Clément, quels sont vos projets ?

— J'ai envie de vous accompagner, répond ce dernier.

Les enfants accueillent cette nouvelle sans enthousiasme. Ils ne pourront pas aller à la recherche des trains fantômes dans le tunnel...

— Je ne crois pas que ce sera très intéressant pour vous, monsieur, proteste Mick en désespoir de cause.

Le professeur comprend à demi-mot que sa compagnie n'est pas souhaitée.

— Bon, accepte-t-il, je resterai ici.

Les jeunes campeurs poussent un soupir de soulagement. Les garçons et Annie rangent toute la vaisselle. Puis ils disent au revoir à M. Clément et s'en vont en emportant leur goûter.

Tous quatre descendent vers la vieille gare. Le gardien est là, comme d'habitude. De loin, ils le saluent, mais il les menace du poing et crie de sa voix rauque :

— Dégagez ! Vous n'avez rien à faire ici.

— Pauvre vieux Tom... soupire Mick. Avec sa jambe de bois, il ne risque pas de nous rattraper. Enfin, on ne lui donnera pas la peine de nous poursuivre. Le mieux est de longer les rails jusqu'au tunnel.

C'est ce qu'ils font à la grande fureur du malheureux Thomas qui leur hurle des injures jusqu'au moment où la voix lui manque. Les enfants feignent de ne pas entendre et marchent tranquillement le long des voies. L'ouverture du tunnel paraît très noire.

— Entrons dans le souterrain et cherchons ce train fantôme, suggère François. Puisqu'il n'est pas sorti de l'autre côté, hier soir, il est forcément quelque part à l'intérieur !

— Si c'est un vrai train fantôme, il a pu se volatiliser complètement, remarque Annie.

Cette galerie obscure lui déplaît terriblement. Les autres se mettent à rire.

— Allez ! lance Mick. On percera bien le secret de ce mystérieux convoi !

Ils pénètrent dans le souterrain et allument leurs lampes de poche qui projettent devant eux un étroit sentier lumineux. François marche le premier entre les rails, guettant le moindre obstacle.

Les voix des jeunes enquêteurs réveillent des échos sinistres. Annie se tient tout près de Mick et regrette d'être venue. Puis elle se rappelle que Claude l'a traitée de froussarde et relève la tête, bien décidée à ne pas montrer sa frayeur. Sébastien bavarde sans arrêt :

— Je ne me suis jamais autant amusé ! Ça, c'est une aventure ! Chercher un train fantôme dans un tunnel, c'est passionnant et ça donne des frissons. J'espère qu'on trouvera le train. Il doit bien être quelque part.

Ils marchent longtemps, mais le convoi reste invisible. Ils arrivent enfin à la bifurcation. François promène le faisceau de sa lampe électrique sur l'énorme mur qui bouche l'entrée du second tunnel.

— Le vieux mécanicien avait raison, constate-t-il. Le tronçon qui mène à la vallée des Corbeaux est obstrué. On n'a donc que l'autre voie à explorer. Venez.

Ils poursuivent leur route, sans se douter que Claude et Dagobert sont prisonniers derrière ce mur épais, dans le fourgon du train fantôme lui-même. Les deux frères, Annie et Sébastien suivent les rails mais ne trouvent rien d'intéressant.

Soudain un cercle lumineux brille devant eux.

— Voilà la sortie du tunnel, explique Mick ; l'issue qui donne sur la vallée des Peupliers. Et on n'a pas vu le moindre train sur notre route... Où a bien pu passer la locomotive que François et moi avons aperçue hier soir ? Je vais finir par croire qu'elle s'est bel et bien volatilisée...

En silence, ils terminent le trajet et débouchent en plein air. Des herbes folles et un épais tapis de mousse envahissent les voies ferrés.

— Toute cette végétation sur les rails indique bien qu'aucun train n'est sorti de ce tunnel depuis des années, remarque François. Les roues l'auraient écrasé et auraient laissé des traces.

— C'est incompréhensible, renchérit Mick stupéfait. On a parcouru le tunnel tout entier sans voir le train ! Et pourtant, on sait qu'il y est entré, puisqu'on l'a vu de nos propres yeux ! Qu'est-ce qui a bien pu lui arriver ?

— C'est un train fantôme, s'écrie Sébastien, rouge et surexcité. Il n'y a pas d'autre explication !

— Quel cauchemar ! murmure Annie, effrayée.

— Et maintenant ? demande François. Qu'est-ce qu'on fait ?

— Retournons par le même chemin, suggère le jeune fermier, désireux de prolonger l'aventure. Qui sait ? le train aura peut-être décidé d'apparaître après notre passage ! On ne sait jamais.

— Je ne repasserai jamais par là ! s'écrie alors Annie. Je veux être dehors, au soleil ! Je marcherai par-dessus le tunnel, en empruntant le sentier que François a suivi l'autre nuit. Vous me retrouverez à la sortie, du côté de la gare désaffectée.

— C'est d'accord, acquiescent ses frères.

Les trois garçons s'engouffrent dans le tunnel. La benjamine du groupe court le long du sentier. Comme c'est agréable d'être à l'air libre et non dans cet horrible souterrain. Elle gambade gaiement, heureuse de sentir la chaleur du soleil.

Elle atteint rapidement l'extrémité du tunnel et s'assied pour attendre les autres. Elle cherche du regard le vieux Tom Pied de Bois, mais ne le voit pas et conclut qu'il s'est enfermé dans sa cabane.

Deux minutes plus tard, un événement inattendu se produit. Une voiture arrive en trombe et s'arrête devant la vieille gare. En apercevant le conducteur, Annie retient un cri : elle vient de reconnaître M. André, le beau-père de Sébastien ! L'homme se dirige vers la cabane du vieux Thomas et ouvre la porte... Un murmure de voix parvient jusqu'à la fillette. Mais il est vite recouvert par un nouveau bruit de moteur. Annie tourne la tête, et voit un énorme camion. Le lourd véhicule descend la pente avec précaution et pénètre dans un vieux hangar adjacent à la gare. Trois hommes en sortent. La fillette les scrute l'un après l'autre. Elle a l'impression de les avoir déjà vus quelque part...

« Mais oui ! L'autre jour, ils travaillaient dans la ferme de Sébastien ! se souvient-elle. Qu'est-ce qu'ils font ici ? Tout ça me paraît très mystérieux ! »

M. André rejoint les nouveaux venus et, à la grande surprise d'Annie, tous les quatre se dirigent vers le tunnel.

La jeune observatrice a la sensation que son cœur ccssc dc battre. François, Mick et Sébastien sont encore à l'intérieur ! Que se passera-t-il s'ils rencontrent M. André et ses hommes ? Le beau-père de Sébastien les a menacés de terribles dangers, et il a formellement interdit à son beau-fils de s'approcher du tunnel.

« Mais enfin, songe Annie, M. André nous avait bien dit qu'il ne mettait lui-même jamais les pieds dans le coin... Est-ce qu'il nous aurait menti ? Qu'est-ce qu'il fabrique ? »

La fillette suit des yeux les quatre hommes qui entrent dans le souterrain. Que faire ? Comment avertir les garçons ? C'est impossible... Comment pourront-ils se défendre contre les robustes gaillards de la ferme ?

« Je ne peux rien pour eux, pense la pauvre Annie. Il n'y a rien à faire. »

Elle attend. L'après-midi touche à sa fin. François transporte dans son sac à dos le pain, le chocolat et les fruits du goûter et sa malheureuse petite sœur n'a rien à manger.

Personne ne sort du tunnel. Un silence sinistre pèse sur les alentours. La fillette décide enfin d'aller poser quelques questions au gardien. Alors, tremblant de peur, elle descend jusqu'à la gare.

Thomas boit un verre de vin rouge dans sa cabane et paraît plus hargneux que jamais. Il a sûrement eu des ennuis, quand M. André est passé lui rendre visite. Quand il voit l'ombre d'Annie sur sa porte, il se lève et brandit le poing.

— Encore ces sales gosses... J'vous ai bien vus entrer dans le tunnel cet après-midi ! C'est moi qu'ai téléphoné à M'sieur André. J'lui ai dit de venir vous surprendre ! Et toi, alors, comment t'es sortie ? Et où sont les autres ? M'sieur André vous a trouvés, hein ?

Annie écoute, horrifiée. Ainsi, le vieux Thomas a téléphoné au beau-père de Sébastien, et celui-ci est venu exprès pour les punir ! La situation est encore plus grave que la fillette ne le pensait.

— Viens là, s'écrie brusquement Thomas en avançant son grand bras. Je ne sais pas où est le reste de la bande, mais je tiens au moins un de ces vauriens !

Annie pousse un hurlement d'effroi et s'enfuit à toutes jambes. Le gardien la poursuit un petit moment, puis renonce ; il se baisse et ramasse une poignée de cailloux qui s'abattent comme des grêlons autour de la fillette. Haletante, la benjamine du Club des Cinq gravit le sentier à toute vitesse et atteint bientôt le plateau. Elle sanglote.

— Oh ! François, Mick, qu'est-ce qui vous est arrivé ? Et où est Claude ? Si elle était là, elle aurait le courage d'aller les chercher, mais, moi, j'ai trop peur. Il faut que je trouve M. Clément ; il saura ce qu'il faut faire.

Aveuglée par les larmes, elle court, trébuche sur les racines de bruyère, tombe et se relève ; à présent, elle n'a plus qu'une idée : trouver le professeur et tout lui raconter. Cette histoire est

vraiment trop étrange ; elle a besoin de l'aide d'une grande personne.

— Monsieur Clément, s'égosille-t-elle sans ralentir sa course. Oh ! monsieur Clément, vous êtes où, monsieur Clément ?

Mais personne ne lui répond. Des buissons de genêts apparaissent devant Annie ; sans doute ceux qui abritent le camp ! Mais, malheureusement, les tentes ne sont pas là ! La fillette s'est égarée.

« Je suis perdue, songe-t-elle, les joues ruisselantes de larmes. Mais il ne faut pas que j'aie peur ; je dois retrouver le chemin. Oh ! Monsieur Clément, venez à mon secours ! »

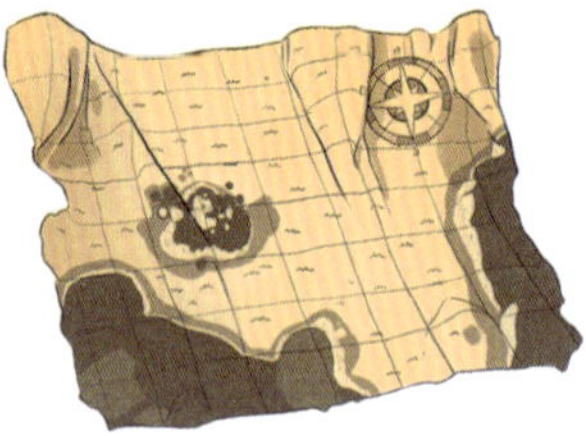

CHAPITRE 17
Nouvelles surprises

Pendant ce temps les trois garçons engagés dans le tunnel cheminent lentement, cherchant sur les voies les traces du passage récent d'un train. Mais l'herbe ne pousse pas dans le souterrain sombre et sans air, et les indices manquent.

Pourtant, quand ils arrivent à hauteur de la bifurcation, Sébastien remarque un détail intéressant.

— Regardez, dit-il en promenant autour de lui le rayon de sa lampe électrique. Derrière nous, les rails sont noirs et rouillés, mais ceux-ci brillent comme s'ils servaient encore...

Il ne se trompe pas. Alors que sur le tronçon qu'ils viennent de parcourir, le chemin de fer, tordu par endroits, a perdu tout éclat, devant eux, la voie qui conduit à la gare désaffectée paraît soigneusement entretenue.

— Bizarre, commente Mick. On dirait que le train fantôme ne va pas plus loin que cette bifurcation. Pourquoi ? Et où est-il maintenant ? Il s'est évaporé ?

François est aussi intrigué que son frère. Le train est forcément à l'intérieur du tunnel, puisqu'il n'est ni à la gare de la vallée des Peupliers, ni à la gare abandonnée ! Il a bien dû s'arrêter quelque part dans le souterrain...

— Suivons les rails brillants, décide le jeune garçon. Ils nous indiqueront par où passe ce mystérieux convoi !

Ils se mettent à scruter les voies à l'aide de leurs lampes électriques. Et, comme ils parlent avec animation, ils ne voient pas quatre hommes tapis dans une petite niche obscure.

— Moi, s'écrie Sébastien, je crois...

Soudain il s'interrompt. Quatre silhouettes noires s'élancent sur les garçons et s'emparent d'eux. Mick pousse un cri et se débat, mais il ne peut échapper à la solide poigne de son agresseur ; les lampes électriques sont propulsées à terre ; celle de François se casse. Les deux autres restent allumées et projettent une faible clarté au ras du sol.

En quelques secondes, les jeunes aventuriers

ne peuvent plus bouger. Sébastien essaie de se défendre à coups de pied, mais l'homme qui le tient lui tord le bras tellement fort qu'il gémit et renonce à lutter.

— Qui êtes-vous ? hurle-t-il. Qu'est-ce que vous nous voulez ? On ne fait qu'explorer un vieux tunnel ! Ce n'est quand même pas un crime !

— Emmenez-les, ordonne une voix que tout le monde reconnaît aussitôt.

— Monsieur André, c'est vous ! crie François. Libérez-nous ! C'est nous, les jeunes campeurs. Sébastien est ici aussi. Pourquoi vous nous traitez comme ça ?

L'homme ne répond pas, mais il gifle son beau-fils si fort que ce dernier chancelle et manque de tomber par terre.

Les quatre individus font faire demi-tour à leurs prisonniers et les entraînent sans ménagement dans l'obscurité, abandonnant les lampes électriques sur le sol ; les garçons trébuchent à chaque pas.

Au bout d'un moment, ils font halte. M. André quitte le groupe et Mick l'entend s'éloigner vers la gauche. Puis on perçoit un lourd grincement. Qu'est-ce que cela signifie ? François écarquille les yeux, mais il ne voit rien dans les lugubres ténèbres du souterrain. Il ne sait pas que M. André a actionné le mur pivotant, comme tout à l'heure pour faire passer le train ; il ne se rend pas compte que ses robustes gardiens sont en train de le faire entrer, avec ses compagnons, à l'intérieur du second tunnel.

Les trois garçons se laissent entraîner sans oser protester. Maintenant ils se trouvent dans l'étrange cave, entre les deux murs. C'est là que se tient le train fantôme ; là aussi que Claude et Dagobert se dissimulent.

M. André sort une lampe électrique de sa poche et en promène le rayon sur le visage des trois garçons qui ne peuvent s'empêcher de trembler.

— On vous avait dit de vous tenir loin de cette gare ! gronde une voix rauque. On vous avait avertis que c'était un endroit dangereux ! Vous en avez maintenant la preuve ! Vous n'avez pas obéi et vous serez punis. Nous allons vous ligoter et vous resterez là jusqu'à ce que nous ayons terminé notre travail.

— Vous ne pourrez pas nous garder prisonniers bien longtemps, rétorque François. On nous cherchera partout et on nous trouvera sûrement.

— Ha ! Ha ! ricane la voix. Bien sûr que non ! Personne ne pensera à venir fouiller ici. Allez, Pierre, ligote-les !

Sébastien reconnaît à cet instant l'ouvrier de la ferme qu'il avait rencontré en pleine nuit. L'homme exécute consciencieusement sa besogne. Les jeunes garçons, jambes et bras liés, sont adossés à un mur. Mick proteste à son tour.

— On n'a rien fait de mal ! On ne cherche pas à mettre le nez dans vos affaires.

— Nous ne voulons courir aucun risque.

Ce n'est pas M. André qui prononce ces mots, mais toujours la même voix grave qui vibre de contrariété.

— Et maman ? s'exclame brusquement Sébastien, s'adressant à son beau-père. Elle sera inquiète !

— Eh bien, tant pis pour elle, reprend la voix sans laisser à M. André le temps de répondre. C'est ta faute. Tu avais été prévenu !

Les quatre hommes s'éloignent, et le grincement qui avait intrigué les captifs quelques minutes plus tôt se fait de nouveau entendre. Le mur pivotant est en train de se refermer, mais les jeunes prisonniers, plongés dans l'obscurité, ne le savent pas ; ils ignorent totalement où ils se trouvent. Puis c'est le silence. Il fait tout noir. Au bout d'un moment, François, Mick et Sébastien, sûrs d'être seuls, se mettent à parler.

— Quelles brutes ! Qu'est-ce qu'ils manigancent ? demande l'aîné à voix basse, tout en s'efforçant de desserrer les cordes qui entourent ses poignets.

— Ils cachent quelque chose, constate Mick. Zut ! ils n'y sont pas allés de main morte pour ligoter mes chevilles ! La corde arrache ma peau.

— Qu'est-ce qu'on va devenir ? se désole Sébastien.

Il voit maintenant le mauvais côté des aventures.

— Chut ! souffle brusquement François, j'entends du bruit !

Tous tendent l'oreille.

— On dirait un chien qui gémit... poursuit son frère.

En effet, Dagobert, caché dans le fourgon à côté de Claude, a entendu la voix de ses amis et veut les rejoindre. Mais sa maîtresse, qui n'est pas encore sûre que les hommes soient partis, le retient par le collier. Elle se réjouit à l'idée de ne plus être seule.

Les prisonniers écoutent attentivement. Claude lâche enfin son chien, et celui-ci saute du fourgon. Il court droit aux garçons dans l'obscurité et François sent une langue mouillée sur son visage. Un corps chaud se presse contre lui. Il reconnaît enfin le jappement familier de Dagobert.

— Dagobert ! Ça alors ! Mick, c'est Dago ! s'exclame François transporté de joie. Mais, d'où tu viens ? Dago, c'est bien toi ?

— Ouah ! répond le chien, et il quitte François pour couvrir de caresses Sébastien et Mick.

— Et qu'est devenue Claude ? demande ce dernier.

— Ici, crie une petite voix.

La jeune fille saute du fourgon, allume sa lampe électrique et court auprès de ses compagnons.

— Qu'est-ce qui s'est passé ? Comment vous vous êtes retrouvés ici ?

— Claude, tu sais où on se trouve ? questionne Sébastien. J'ai l'impression de vivre un cauchemar.

— Je vais d'abord couper vos cordes, puis je vous expliquerai tout.

Elle tire son canif de sa poche. Quelques minutes plus tard, elle a sectionné les liens, et les garçons se frottent les chevilles et les poignets.

— Merci, Claude. C'est une chance que tu sois là, dit François en se levant. Où on est ? Mais, qu'est-ce que c'est que cette ombre gigantesque ? On dirait... une locomotive !

— C'est le train fantôme ! réplique sa cousine en riant et en braquant le faisceau de sa lampe sur l'énorme cheminée.

— Quoi ? s'écrie Mick. Je ne comprends pas... on a parcouru tout le tunnel d'un bout à l'autre sans le trouver.

— C'est simple, explique Claude. Vous vous rappelez qu'à la bifurcation, l'une des deux voies est bloquée par un mur. C'est le tronçon obstrué dont nous avait parlé le vieux mécanicien. Eh bien, en réalité, ce second tunnel n'est pas complètement muré : un pan de la paroi pivote pour laisser passer le train, puis se referme derrière lui.

Avec sa torche électrique, l'adolescente montre à ses compagnons ahuris le pan mobile en question. Puis elle éclaire le côté opposé.

— Vous voyez, reprend-elle. L'autre issue est bouchée elle aussi. C'est donc dans cette sorte de grande cave que se cache le train fantôme. C'est malin, non ?

— Mais à quoi ça peut bien servir ? demande Sébastien. Pourquoi cacher un vieux train à vapeur ? Et pour quelle raison ne roule-t-il que de nuit ?

— C'est ce qu'il faut découvrir, convient Claude. Et c'est maintenant ou jamais. Regardez ces profondes alcôves qui s'étendent des deux côtés du tunnel. Vous ne pensez pas qu'elle pourraient faire office de cachettes ?

— Peut-être... acquiesce Mick. Mais pourquoi faire ?

La maîtresse de Dagobert promène sur les trois garçons le rayon de sa lampe. Brusquement, elle s'arrête :

— J'y pense... Où est donc Annie ?

— Elle n'a pas voulu venir avec nous dans le tunnel et elle est passée par le plateau pour nous retrouver à la gare désaffectée, explique François. Le temps doit lui paraître long. J'espère qu'elle ne viendra pas à notre rencontre dans le souterrain. M. André et ses hommes y rôdent sûrement encore.

L'idée est très inquiétante. Pauvre Annie ! Comme elle aura peur si quatre individus bondissent sur elle dans l'obscurité. Mick se tourne vers Claude.

— Éclaire-nous pour qu'on examine un peu ces caves.

La jeune fille s'exécute, et ses compagnons constatent que des grottes immenses ont été creusées de part et d'autre du tunnel. Sébastien fait, lui, une nouvelle découverte. Il aperçoit un levier en métal fixé au mur. Est-ce le système qui commande l'ouverture de la paroi ? Il appuie dessus. Immédiatement, tout le tunnel est inondé de lumière. Surpris par cette brusque clarté, les enfants ferment un instant les yeux.

— On y voit mieux ! constate François avec satisfaction. Bien joué, Seb. On va pouvoir enquêter plus vite.

Il inspecte le train fantôme immobile sur les rails ; c'est vraiment un très vieux train, comme on n'en voit plus que dans les films et les musées.

— J'étais cachée dans ce fourgon, explique Claude en désignant l'un des wagons.

Et elle raconte ses aventures. Les garçons l'écoutent, ébahis par l'étrange concours de circonstances qui a amené la fillette dans ce lieu secret.

— Bon, ne perdons pas trop de temps. Explorons les caves, décide Mick, quand sa cousine est arrivée au bout de son récit.

Ils s'avancent dans l'excavation la plus proche ; elle est pleine de corbeilles et de caisses de toutes tailles. Sébastien en ouvre une et siffle.

— Regardez-moi ça. Des fromages, du beurre, des œufs. On dirait qu'il y en a des tonnes ! Voilà qui doit rapporter beaucoup d'argent...

Les jeunes aventuriers explorent d'autres

caves ; elles sont pleines à craquer de marchandises qui représentent une fortune.

— Vous voulez savoir ce que je pense ? M. André et ses amis sont des voleurs qui pillent les récoltes des fermes de la région, déclare Mick. Je ne vois que ça pour expliquer une telle abondance de produits. Ils stockent leur butin dans les gros camions qu'on a vus à la ferme du Grand Chêne, puis, la nuit venue, ils les chargent dans le vieux train et les apportent ici. Mais je me demande ce qu'ils font de toutes ces marchandises... Ils ne peuvent les garder ici éternellement. Comment font-ils pour les écouler ?

— Ils ont sûrement des complices qui viennent les chercher ici, avance Sébastien.

— Tu as raison, approuve François. Ils ont dû monter un vaste marché noir. C'est terrible ! Qui imaginerait que la petite ferme de ta maman est un repaire de voleurs ? Vos ouvriers, ce n'est pas étonnant qu'ils ne fassent rien dans les champs : ce sont des brigands. Leur seul travail est d'apporter les denrées à la gare et de les charger sur ce train.

— Ton beau-père doit gagner beaucoup d'argent à ce petit jeu, ajoute Claude.

— Oui. C'est pour ça qu'il peut s'acheter toutes ces belles voitures... acquiesce tristement le jeune fermier. Pauvre maman ! Je suis certain qu'elle ne se doute de rien. Comme elle sera malheureuse quand elle apprendra la vérité.

— Bon, maintenant, on doit trouver un moyen de s'échapper ! déclare Mick. Je vais éteindre cette lumière aveuglante. Il ne faudrait pas attirer l'attention des bandits. On utilisera ta lampe électrique, Claude. Voyons s'il n'y a pas d'issue à ces caves...

CHAPITRE 18

L'évasion

Les quatre enfants et Dagobert entrent dans la cave voisine. Ils se frayent un chemin au milieu des cageots, des corbeilles et des caisses, et s'étonnent encore de la quantité de marchandises volées.

Ils explorent une partie de la grotte sans rien trouver d'intéressant. Puis, vers le fond, ils découvrent des caisses soigneusement empilées et marquées de numéros tracés au feutre noir. François s'arrête.

— Ces caisses paraissent prêtes à être emportées, dit-il. Il doit y avoir une sortie par ici.

Il prend la lampe de poche des mains de Claude et dirige le rayon lumineux de tous les côtés. Le jeune garçon a vu juste ! La lumière éclaire une porte en bois, grossière mais solide. Cette découverte est saluée par des cris de joie.

— Exactement ce qu'il nous faut, déclare Sébastien. Je parie que cet accès s'ouvre sur l'endroit où les complices de M. André viennent chercher leur butin.

— C'est vraiment ingénieux, reconnaît Mick. Les produits sont d'abord cachés dans une petite ferme innocente, puis, au moyen d'un vieux train, ils sont transportés dans ces caves à l'abri des regards indiscrets ; et enfin ils sont sortis par cette porte pour être vendus très loin d'ici.

— Ça explique pourquoi j'ai surpris Pierre en pleine nuit, l'autre soir ! s'écrie Sébastien. Il ramenait le camion plein de marchandises volées, et le lendemain, il a dû les charger sur le train fantôme !

Pendant ce temps, François s'escrime contre la porte.

— Zut ! Impossible d'ouvrir. Pourtant je pousse de toutes mes forces et je ne vois pas de serrure.

Tous unissent leurs efforts aux siens sans le moindre résultat. La porte résiste. Rouges et haletants, les enfants doivent s'avouer vaincus.

— À tous les coups, dit Claude, la porte est bloquée de dehors.

— Tu as raison, approuve Mick. Il faut qu'elle soit bien cachée pour que personne ne la remarque. Les complices de M. André doivent veiller à la camoufler soigneusement. Ils la dissimulent sûrement avec une grosse pierre quand ils repartent.

— Il n'y a donc pas moyen de sortir, murmure Sébastien, désappointé.

François pousse un gros soupir. La pensée d'Annie le tourmente toujours.

— Je me demande ce qu'elle fait, souffle-t-il. Elle attendra pendant des heures, puis, peut-être, elle retournera au camp. Mais elle ne connaît pas très bien le chemin et elle pourrait se perdre. Oh ! je ne sais pas ce qui serait le pire pour Annie... se perdre sur le plateau ou être prisonnière avec nous !

— Elle a peut-être trouvé son chemin, avance Sébastien.

Il y a un silence, puis les jeunes captifs décident de retourner du côté du train.

— Il faut qu'on découvre le moyen d'ouvrir ce pan de mur pivotant ! déclare Claude. On aurait même dû commencer par là.

Elle braque de nouveau sa lumière sur les parois et tout le monde cherche un levier ou un bouton. Mais, à part l'interrupteur électrique, ils ne voient rien. Soudain Sébastien aperçoit

une grande manette tout à fait au ras du sol, en bas de la paroi mobile. Il essaie de l'actionner et, n'y réussissant pas, il appelle ses compagnons.

— Venez ! je me demande si c'est ce machin-là qui ouvre le mur.

Claude et ses cousins rejoignent le jeune fermier. François saisit la manette, mais elle ne se déplace pas d'un centimètre. Mick lui vient en aide. Soudain un souffle bruyant annonce qu'un mécanisme se déclenche et, avec un grincement, la paroi de pierre commence à s'ouvrir lentement. La voie est libre.

— Sésame, ouvre-toi ! plaisante Sébastien.

— Vite, il n'y a pas une minute à perdre ! ordonne François. Claude, guide-nous avec ta lampe !

— Venez ! répond la jeune fille avec énergie. On sortira par la gare désaffectée.

Tous les quatre se mettent en route en s'efforçant dc ne faire aucun bruit.

— Restons très silencieux, chuchote Mick. Ces bandits sont peut-être toujours dans le tunnel ; n'attirons pas leur attention ! Je ne peux même pas imaginer ce qu'ils feront s'ils nous voient en train de nous échapper.

Ils se taisent donc et marchent en file indienne. Ils ont parcouru environ deux cent cinquante mètres quand Claude s'arrête net. Ses compagnons, qui la suivent, se heurtent les uns contre les autres, et Dagobert pousse un petit gémissement, car Sébastien lui a marché sur la patte. La main de la jeune fille saisit aussitôt le collier du chien. Tout le monde retient sa respiration. Quelqu'un s'avance vers eux ; ils voient un point lumineux qui s'approche et entendent un bruit de pas.

— Demi-tour, vite ! chuchote François, pris d'effroi.

Et ils obéissent aussitôt, Sébastien en tête, et retournent à la bifurcation. Que faire ? Courir jusqu'à la sortie du tunnel, du côté de la vallée des Peupliers ?

— Ils verront que le mur est ouvert, s'écrie Mick brusquement ! On ne l'a pas refermé derrière nous ! Ils s'apercevront qu'on s'est enfuis, et on sera repris !

Les quatre enfants et le chien se sont arrêtés, ne sachant plus quoi faire. Ils restent immobiles. Dagobert gronde tout bas. Claude a une soudaine inspiration.

— Je sais ! La bouche d'aération par où le pauvre Dago a dégringolé ! Essayons de sortir par là !

— Où est ce trou ? demande François. Vite, Claude, il faut que tu le retrouves !

La fillette cherche à rassembler ses souvenirs. Elle se rappelle que le fameux trou se situe non loin de la bifurcation... Le tas de suie servira de point de repère. Elle commence à faire courir le faisceau de sa lampe sur le plafond du tunnel, tout en espérant que la lumière passera inaperçue. L'homme qu'elle et ses compagnons ont vu avancer dans leur direction ne peut plus être bien loin...

Elle reconnaît enfin le tas de suie sur lequel Dagobert est tombé.

— C'est là ! chuchote-t-elle. Mais comment va-t-on hisser Dago là-haut ?

— Impossible, répond François. Mais n'aie pas peur ; il parviendra à se sauver. Il est malin, tu sais.

Il pousse sa cousine en avant. La jeune fille, à tâtons, retrouve les premiers échelons et commence à grimper. Puis c'est au tour de Sébastien de monter, le nez presque sur les talons de Claude. Mick les suit. C'est enfin le tour de François, mais l'aîné du Club des Cinq se fige.

Une brillante clarté vient d'emplir le tunnel. Quelqu'un a actionné l'interrupteur électrique. Dagobert se tapit dans un coin et grogne. Un cri retentit :

— Qui a ouvert le mur ? Qui est là ?

C'est la voix de M. André ; une autre voix lui succède, sonore et irritée :

— Qui est là ! Répondez !

— Ces gamins n'ont pas pu toucher le levier, déclare le beau-père de Sébastien. Ils étaient ligotés...

Les hommes, qui sont au nombre de trois, s'élancent dans la cave où se tient le vieux train à vapeur. François reprend son ascension et gravit quelques échelons ; le pauvre Dagobert reste seul dans l'obscurité.

Les bandits ressortent en courant de la grotte.

— Partis ! Ils ont coupé leurs cordes. Comment ont-ils pu s'enfuir ? Il faut les retrouver ! Ces gosses ne sont sûrement pas loin. Il faut fouiller partout ! Pierre, va vérifier les caves !

M. André et ses complices cherchent en vain. Ils ignorent l'existence du trou d'aération et ne voient pas le chien tapi dans l'ombre.

Claude a atteint les derniers échelons de la vieille échelle en fer. Brusquement, elle s'arrête ; sa tête a rencontré un obstacle. Elle lève la main. Le grillage de fer qu'elle a déplacé quelques heures plus tôt a été repositionné sur la bouche d'aération, et en bloque désormais l'issue ! La jeune fille ne peut pas monter plus haut ; elle tente d'écarter le grillage avec une main, mais celui-ci est trop lourd.

— Qu'est-ce qu'il y a, Claude ? Pourquoi tu ne continues pas à grimper ? demande le jeune fermier qui est derrière elle.

— Un treillis m'en empêche ! Je l'ai déplacé en descendant, mais il a été remis en place.

Son ami répète le message à Mick qui le transmet à François. Juchés sur leurs échelons dans les ténèbres, les enfants se rendent compte qu'ils sont dans une situation critique.

« Il n'y a plus d'issue... pense Sébastien. On va devoir se rendre. Voilà qui m'apprendra à vouloir absolument vivre des aventures ! »

CHAPITRE 19

Quelle aventure !

De son côté, Annie a couru très longtemps, en trébuchant et en appelant M. Clément. Le professeur a lu toute la journée devant sa tente, mais, à la tombée de la nuit, il est inquiet de l'absence prolongée des cinq enfants. Il décide donc de monter dans sa voiture et d'aller chercher de l'aide à la ferme. Là, il trouve Mme André, soucieuse et angoissée. Dès que le véhicule s'arrête, elle accourt et le professeur se présente.

— Je suis bien contente de vous voir, s'écrie-t-elle. Je ne sais pas ce qui se passe. Tous mes employés sont partis avec des camions. Mon mari a pris sa voiture. Personne ne m'a rien dit. Ce n'est pas normal.

M. Clément décide de ne pas lui imposer de

nouvelles inquiétudes en expliquant que les enfants ont disparu. À la place, il feint d'être venu chercher du lait.

— Ne vous inquiétez pas, dit-il pour rassurer Mme André. Je suis sûr que tout s'expliquera. Je reviendrai vous voir demain ; maintenant il faut que je parte vite, je suis très pressé.

Il grimpe dans sa vieille guimbarde et appuie sur l'accélérateur, intrigué et mal à l'aise. M. André lui déplaît beaucoup, et l'histoire des trains fantômes lui paraît louche. Pourvu que les jeunes campeurs ne soient pas mêlés à une affaire dangereuse !

« C'est moi qui suis responsable de ces enfants ! Il faut avertir la police », pense-t-il.

À la gendarmerie, il raconte ce qu'il sait, et le brigadier, qui a l'air énergique et intelligent, met à sa disposition six hommes et une voiture.

— Il faut d'abord trouver ces gosses, annonce le gendarme. Puis on ira voir ce qui se passe à la ferme et on éclaircira le mystère des trains fantômes. Ça fait quelque temps qu'une puissante organisation de voleurs opère dans le coin. D'après nos investigations, ils pillent les fermes de la région, et revendent leur butin à des escrocs installés aux quatre coins de l'Europe. Nous n'avons pas encore pu faire d'arrestation, car nous manquons de preuves. Mais il est possible que votre affaire nous permette justement de prendre ces bandits en flagrant délit !

Les policiers sont bientôt sur le plateau et commencent les recherches, guidés par M. Clément. Ils ne tardent pas à trouver Annie ; elle est effondrée par terre, épuisée par sa course, et continue d'appeler le professeur d'une voix de plus en plus faible ; quand une réponse lui arrive dans l'obscurité, elle pleure de joie.

— Oh ! monsieur ! allez au secours des garçons, supplie-t-elle. Ils sont dans le tunnel et ont été surpris par M. André et ses hommes, j'en suis sûre ! Et Claude ? Elle n'est pas rentrée au campement ? Il faut la retrouver elle aussi !

— Ne t'en fais pas, petite, j'ai amené du renfort ! Ces messieurs vont nous aider, répond le professeur en aidant la fillette à se relever.

Il appelle les gendarmes et, en quelques mots, les met au courant.

— Venez les gars ! crie l'un d'eux. Direction le tunnel !

— Tu veux que je te raccompagne au camp, Annie ? demande doucement M. Clément.

La benjamine du Club des Cinq lui attrape le bras et répond :

— Non ! Je veux aller au secours des garçons et retrouver ma cousine !

Sans s'arrêter pour parlementer avec le vieux Thomas, les gendarmes s'engagent dans le souterrain, suivis de loin par le professeur et Annie.

Pendant ce temps, François, Claude, Mick et Sébastien sont toujours à la même place, épuisés et malheureux. M. André et ses complices ont fouillé en vain toutes les caves et maintenant ils explorent les moindres recoins du tunnel.

Le trou d'aération ne pourra échapper longtemps à leurs regards. L'un d'eux lève sa lampe électrique et aperçoit les pieds de l'aîné de la petite troupe. L'homme pousse un cri de triomphe.

— Aha ! Pierre ! M. André ! Les voilà ! Dans un trou d'aération ! Descendez tout de suite, bande de vauriens, ou vous le regretterez !

Claude recommence à pousser désespérément le grillage au-dessus de sa tête sans parvenir à l'ébranler. Pierre gravit quelques échelons, saisit les deux pieds de François et le secoue violemment. Le jeune garçon, cramponné aux barreaux de fer, résiste quelques instants ; mais la poigne de son agresseur est trop forte. Ses doigts se desserrent lentement, et il roule sur le tas de suie. M. André saute immédiatement sur lui, tandis que son complice monte plus haut et attrape les pieds de Mick.

— C'est bon, je descends ! se hâte de crier ce dernier.

Sébastien l'imite.

— Eh ! s'exclame le bandit. On avait bien ligoté trois gamins, non ? J'en vois pourtant un quatrième suspendu à la bouche d'aération !

Claude doit descendre à son tour. Elle paraît, noire de suie.

— D'où il sort, celui-là ? demande rageusement M. André.

Les jeunes aventuriers restent muets.

— Il faut leur donner une bonne leçon, déclare Pierre. Bande de voyous, ça leur apprendra...

Les hommes empoignent les quatre enfants... quand, soudain un cri retentit à l'extrémité du tunnel. C'est la voix du quatrième bandit, resté posté près de l'entrée du souterrain.

— Les gendarmes ! Sauvons-nous !

M. André, Pierre et leur complice lâchent aussitôt leurs prisonniers et hésitent un moment.

— Filons par la gare de la vallée des Peupliers, crie le beau-père de Sébastien. Vite !

Et les escrocs prennent leurs jambes à leur cou. Déjà le bruit de leurs pas précipités devient moins distinct. Mais Claude a une idée.

— Dagobert, où es-tu ? Poursuis-les, Dago ; arrête-les !

Une ombre surgit d'un coin noir. Le chien a entendu l'ordre de sa maîtresse et, haletant, la langue pendante, file comme une flèche à la suite des fuyards.

Au même moment, les gendarmes arrivent au pas de course. M. Clément et Annie ne sont pas loin derrière eux.

— Ils ont pris la direction de la vallée des Peupliers et Dagobert est à leurs trousses, hurle Claude.

Les agents de police la regardent et poussent une exclamation. Elle a le visage tout noir de suie ! Ses compagnons n'ont pas meilleure apparence.

— François ! s'écrie Annie au comble du bonheur. Mick ! Oh ! vous êtes sains et saufs. Je suis allée chercher M. Clément et je me suis perdue... Claude, je suis tellement soulagée de te revoir !

De l'extrémité du tunnel proviennent des cris et des aboiements. Dagobert est en pleine action ; il a rattrapé les bandits, et les a plaqués à terre. Terrifiés, ils n'osent plus bouger, car chaque fois qu'ils esquissent un geste, le chien gronde et montre des crocs menaçants.

Les gendarmes accourent. Toute résistance est impossible. Les voleurs renoncent à lutter et ont bientôt les menottes aux poignets.

M. André se met à se lamenter.

— Je ne suis pour rien dans cette histoire... Ne m'embarquez pas ! Je... je n'ai fait que suivre ces escrocs...

— Eh bien cela fait de vous un complice ! rétorque le brigadier. Taisez-vous, maintenant !

Les policiers reviennent sur leurs pas, en tenant fermement le beau-père de Sébastien et ses compères.

— On les emmène à la gendarmerie ! annonce un officier. Vous, monsieur Clément, conduisez ces enfants à la ferme du Grand Chêne. Mme André sera soulagée de voir son fils sain et sauf... et ils pourront tous prendre une bonne douche !

Les jeunes campeurs accompagnent le professeur jusqu'à la sortie du tunnel et s'installent dans la voiture. Ils sont fatigués, sales, mais heureux de se sentir libres.

Pendant le trajet, ils relatent à Annie toutes

les péripéties des dernières heures, et la fillette leur décrit ses inquiétudes.

Mme André est bouleversée d'apprendre l'arrestation de son mari. Mais elle est rassurée de retrouver son fils et ses compagnons. Elle fait couler de l'eau bien chaude dans la baignoire de la salle de bains et prépare un bon repas.

— Ne vous tourmentez pas trop, madame, la console M. Clément. Votre mari n'est pas le chef de la bande ; sa condamnation sera légère. Elle servira de leçon, et il se tiendra tranquille à l'avenir. La ferme vous appartient ; vous pourrez la garder. D'ailleurs, je crois que Sébastien y sera plus heureux pour le moment sans son beau-père.

— Vous avez raison, monsieur Clément, reconnaît la fermière en s'essuyant les yeux. Mon fils sera ma consolation. Dire que mon mari faisait partie d'une organisation de voleurs ! Il savait que Sébastien rôdait autour de ce tunnel et c'est pour ça qu'il voulait l'envoyer loin d'ici, chez ma belle-sœur. Je sentais bien qu'il avait un comportement bizarre... Mais qui aurait cru que cette gare et ce tunnel servaient de cachette pour stocker des marchandises volées !

Elle monte dans la salle de bains pour voir si l'eau est chaude ; puis elle appelle les enfants

Vacances

qui attendent dans la chambre de son fils. Ne recevant pas de réponse, elle ouvre la porte : les cinq jeunes aventuriers se sont allongés sur le lit en attendant le bain ; ils dorment, affalés les uns sur les autres, noirs comme des ramoneurs !

Ils s'éveillent, se lavent chacun leur tour et dégustent le bon repas préparé par la fermière. Puis M. Clément les ramène au camp. Mme André a permis à Sébastien de les accompagner.

Les enfants entrent dans leurs tentes et se couchent. Comme on est bien dans les sacs de couchage ! Claude hèle les trois garçons :

— Je vous interdis de partir cette nuit sans me prévenir !

— L'aventure est finie, répond Mick en riant. Est-ce qu'elle t'a plu, Sébastien ?

— Oh ! oui, répond le jeune fermier avec un soupir de bonheur. C'était vraiment génial !

FIN

Table

PAPIER À BASE DE FIBRES CERTIFIÉES

hachette s'engage pour l'environnement en réduisant l'empreinte carbone de ses livres. Celle de cet exemplaire est de : 400g éq. CO_2 Rendez-vous sur www.hachette-durable.fr

Photogravure Nord Compo - Villeneuve-d'Ascq
Imprimé en Roumanie par Rotolito Romania
Dépôt légal : mars 2019
Achevé d'imprimer : janvier 2021
74.1609.3/14 – ISBN 978-2-01-118318-7
Loi n° 49956 du 16 juillet 1949
sur les publications destinées à la jeunesse